PRISONNIER DES GRANDS LACS

W0471906

Gary Paulsen

Gary Paulsen a fait tous les métiers : ingénieur, militaire, acteur, menuisier... et ouvrier agricole. Mais sa véritable vocation est d'écrire, comme en témoignent ses nombreux romans pour adultes et adolescents. Il vit dans le Minnesota.

Marcelino Truong

Marcelino Truong est né en 1957 à Manille de père vietnamien et de mère française. Il a passé son enfance aux Philippines, au Viêt-nam, aux États-Unis et en Angleterre. Après des études de droit et de lettres, il s'est lancé en autodidacte dans l'illustration. Il travaille aujourd'hui parallèlement pour la presse, la publicité et l'édition.

GARY PAULSEN

PRISONNIER DES GRANDS LACS

TRADUCTION DE JOSETTE GONTIER

IMAGES DE MARCELINO TRUONG

HACHETTE
Jeunesse

DU MÊME AUTEUR

AVENTURE HUMAINE :

- *Cours, Tête-de-Cuivre !*

L'édition originale de cet ouvrage
a paru en langue anglaise
chez Puffin Books
sous le titre
HATCHET

© Gary Paulsen, 1987.
© Hachette 1992.
79, boulevard Saint-Germain, Paris VIe

1

BRIAN ROBESON REGARDAIT,
PAR LA FENÊTRE DU PETIT AVION,
LES VASTES ÉTENDUES SAUVAGES

qui se déployaient vers le nord. Du vert. Du vert à l'infini. L'appareil, un Cessna 406, était un monomoteur à double commande utilisé pour se déplacer dans des régions peu habitées. Son moteur très bruyant anéantissait toute chance d'engager la conversation.

Non pas que Brian ait eu beaucoup de choses à dire...

Il avait treize ans et il était l'unique passager de l'appareil. Quant au pilote, comment s'appelait-il déjà ? Jim ? Jake ? La quarantaine bien sonnée. Il était resté silencieux durant tous les préparatifs du départ. En fait, depuis que Brian était arrivé en compagnie de sa mère au petit aéroport de Hampton, dans l'Etat de New York, le pilote ne lui avait dit que ces quelques mots :

« Installe-toi à la place du copilote ! »

Et Brian avait obéi. Ils avaient décollé. Depuis, plus une parole. Bien entendu, il y avait eu l'excitation du départ. Brian n'avait jamais volé dans un monomoteur et il s'était retrouvé là, assis dans le siège du copilote, avec toutes ces commandes juste devant lui ! Tous ces instruments à hauteur du visage ! L'avion s'était arraché du sol, puis avait eu quelques soubresauts, à cause des courants. Mais, cinq minutes après le décollage, ils volaient à six mille pieds d'altitude, cap sur le nord-ouest. Le pilote n'avait pas dit un mot, gardant les yeux fixés devant lui. Seul le ronflement du moteur se faisait entendre. Un bourdonnement régulier. Ils survolaient un océan de verdure entrecoupé de temps en temps de lacs et de marais, de ruisseaux et de rivières qui serpentaient.

Le vrombissement du moteur emplissait ses oreilles. Brian regardait le paysage. Et il essayait de faire l'inventaire de tout ce qui l'avait amené là, dans cet avion.

Inutile de chercher longtemps...

Un mot. Un seul. Divorce.

Un mot horrible. Déchirant et odieux. Un mot synonyme de disputes, de cris, de ruptures, d'avocats. Comme il les haïssait, ces avocats au sourire satisfait ! Avec des mots d'hommes de loi, ils avaient essayé de lui expliquer qu'il devait rompre avec tout ce qui avait été sa vie jusque-là. Sa maison, sa famille, tout.

Divorce.

Secrets.

Non, pas des secrets, mais un seul, un unique secret. Un secret qu'il n'avait jamais confié à personne. Un secret concernant sa mère et la cause du divorce.

Brian sentit que ses yeux commençaient à le brûler. Les larmes, bien sûr. Encore les larmes. Il avait beaucoup pleuré, mais désormais, il ne pleurerait plus. Il ne voulait plus pleurer. Il s'essuya les yeux d'un doigt et jeta un regard furtif au pilote pour s'assurer qu'il n'avait rien vu. Carré dans son siège, les mains sur le manche à balai, les pieds sur les pédales du gouvernail, celui-ci ressemblait davantage à une machine qu'à un homme. Il était un prolongement de l'avion, en quelque sorte. Sur le tableau de bord, Brian apercevait des cadrans, des boutons, des compteurs, des voyants lumineux, des poignées... Des aiguilles remuaient, des lampes clignotaient, donnant des indications dont il ignorait le sens.

Lorsqu'il s'aperçut que Brian le regardait, le pilote parut sortir un peu de sa réserve et lui sourit. Il se pencha vers son passager, ôta son casque de son oreille droite et lui demanda, en parlant très fort pour dominer le bruit du moteur :

« Tu n'avais jamais voyagé à la place du copilote, n'est-ce pas ? »

Brian secoua la tête. En fait, il n'avait jamais pris l'avion et n'avait jamais vu une cabine de pilotage, sauf au cinéma ou à la télévision. L'endroit lui paraissait bruyant et fort étrange.

« C'est la première fois, avoua-t-il.

— Tout cela n'est pas aussi compliqué que ça en a l'air ! Un bon avion comme celui-ci vole presque tout seul ! » déclara le pilote avec un haussement d'épaules.

Saisissant le bras gauche de Brian, il poursuivit :

« Là, mets les mains sur les commandes devant toi et les pieds sur les pédales du gouvernail. Je vais te montrer ce que je veux dire.

— Je crois qu'il ne vaut mieux pas..., fit Brian en secouant la tête.

— Mais si ! Essaie ! »

Brian étendit le bras et saisit le manche. Il le serra si fort que les jointures de ses doigts devinrent blanches. Puis il posa ses pieds sur les pédales. L'avion dévia brusquement vers la droite.

« Pas si fort ! Vas-y doucement ! Doucement ! »

Brian relâcha un peu sa prise. Les vibrations de l'appareil lui parvenaient à travers les instruments. C'était comme s'il était vivant, et le garçon en oublia son envie de pleurer.

« Tu vois ? »

Le pilote leva les mains, ôta ses pieds de dessus les pédales pour montrer à Brian qu'il pilotait vraiment tout seul.

« Facile, n'est-ce pas ? Maintenant, tourne légèrement le manche vers la droite et appuie un tout petit peu sur la pédale de droite. »

Brian bougea légèrement le manche à balai et l'avion vira aussitôt sur l'aile droite. Lorsqu'il pressa la pédale, le nez de l'appareil glissa vers la même direction. Il cessa d'appuyer, redressa le manche, et l'avion retrouva sa trajectoire initiale.

« Tu vois, tu sais virer de bord ! Maintenant, tourne à gauche ! »

Brian obéit et appuya sur la pédale gauche : l'avion dévia aussitôt dans cette direction.

« C'est facile ! dit-il avec un sourire. Du moins pour ces manœuvres-là ! »

Le pilote acquiesça.

« Tout le pilotage est facile ! Il suffit d'apprendre ! Comme tout, d'ailleurs... »

Il reprit le manche puis leva une main et se frotta l'épaule gauche.

« Des douleurs... L'âge, sans doute...

— Je vous remercie beaucoup... » dit Brian.

Mais le pilote avait déjà réajusté son casque, et les remerciements du passager se perdirent dans le bruit du moteur. Les pensées qui avaient assailli l'esprit de Brian quelques instants plus tôt affluèrent à nouveau, tandis que ses yeux couraient sur l'océan de verdure et les lacs. L'envie de pleurer ne revint pas, mais les douloureux souvenirs s'imposèrent à lui. Il se remémora l'horrible séparation. Son père ne la ressentait pas de la même façon que lui. Il n'y voyait que le désir de sa femme de mettre fin à leur mariage. Tout était allé si vite ! Le tribunal avait confié Brian à sa mère, réservant à son père les vacances d'été et ce que le juge appelait « un droit de visite ». Formule consacrée... Brian haïssait les juges, comme il haïssait les avocats. Ces juges qui s'inclinaient vers lui du haut de leur siège et lui demandaient s'il avait compris où il allait vivre désormais, et pourquoi. Ces juges qui ignoraient ce qui s'était passé en réalité. Qui ignoraient son secret.

L'été, Brian vivrait donc chez son père. Durant l'année scolaire, chez sa mère. Ainsi en avait décidé le juge, après avoir consulté des papiers étalés sur son bureau et écouté les plaidoiries des avocats.

Soudain, l'avion fit une embardée sur la droite et Brian regarda le pilote. Il se frottait à nouveau l'épaule ; une odeur de renvoi envahit tout à coup le cockpit. Le garçon détourna le regard afin de ne pas gêner son compagnon. A l'évidence, il ne se sentait pas bien. Une mauvaise digestion, peut-être.

Ainsi, en ce début d'été, le divorce ayant été

prononcé un mois plus tôt, Brian faisait-il route vers le nord pour retrouver son père. Ingénieur en constructions mécaniques, ce dernier avait mis au point un nouveau trépan pour le forage des puits de pétrole. Il travaillait dans les champs de pétrole canadiens, là où commence la toundra et finissent les forêts.

Brian apportait un peu de matériel que le pilote avait entassé à l'arrière de l'avion. A côté d'un sac de nylon renfermant des vivres pour le cas où ils seraient forcés de se poser en catastrophe, avait-il précisé. Brian était donc là, à voler avec un pilote qui s'appelait Jim, ou Jake, ou quelque chose comme ça, un chic type qui l'avait même laissé piloter.

Il y avait cette odeur... persistante. Brian jeta un coup d'œil vers l'homme assis à côté de lui. Maintenant, il se frottait l'épaule et le bras. Le bras gauche. Et il grimaçait de douleur en laissant échapper des renvois nauséabonds. Il avait sans doute mangé quelque chose qui ne passait pas.

Le garçon détourna les yeux. Il se mit à songer à sa mère qui l'avait accompagné à l'aéroport d'Hampton. Le trajet s'était effectué dans le plus grand silence. Deux heures et demie de voiture, à regarder par la fenêtre, tout comme maintenant. Au bout d'une heure de route, sa mère s'était tournée vers lui. Une seule fois.

« Ecoute, si nous discutions de tout cela ? Si nous en parlions ? Peux-tu me dire ce qui te tracasse ? »

A nouveau, ces mots qui lui faisaient horreur avaient resurgi. Divorce. Rupture. Secret.

Comment aurait-il pu lui dire ce qu'il savait ? Il avait préféré garder le silence, se contentant de secouer la tête et de s'absorber dans la contemplation d'un paysage qu'il ne voyait même pas. Sa mère s'était concentrée sur la conduite et ne lui avait plus adressé la parole jusqu'à leur arrivée à proximité de Hampton.

Alors, elle s'était penchée sur le siège arrière et avait attrapé un sac en papier.

« C'est pour toi... Pour le voyage. »

Brian avait pris le sac et l'avait ouvert. A l'intérieur, il y avait une hachette. Un modèle à manche d'acier et poignée de caoutchouc. Un fourreau de cuir résistant, muni d'un passant à rivets de cuivre, protégeait la lame.

« Tu pourras la mettre à ta ceinture ! »

La mère de Brian avait parlé sans le regarder. La route était encombrée de camions transportant du bétail, ce qui obligeait la conductrice à prendre garde à la circulation.

« Le vendeur m'a assuré que tu pourrais t'en servir. Dans les bois, par exemple, avec ton père... »

« Avec papa, avait corrigé Brian en lui-même. Pas avec mon père. Avec mon papa. »

« Merci beaucoup ! Elle est chouette ! »

Mais les mots avaient sonné faux. Même pour Brian.

« Tu pourrais l'essayer... Voir ce que cela donne, à la ceinture... »

Normalement, il aurait dû dire non. Répliquer qu'il aurait l'air ridicule, avec une hachette à la ceinture. Voilà ce qu'il aurait dû dire. Mais la voix de sa maman lui avait semblé si fragile ! Fragile comme quelque chose qui risquait de se casser si on y touchait. Et il était ennuyé de ne pas lui avoir parlé. Même s'il lui en voulait. Aussi, pour ne pas la contrarier, il avait consenti à lui obéir.

« Tourne-toi, que je voie comme elle te va bien ! »

Brian s'était tourné, se sentant un peu ridicule.

« Tu as l'air d'un vrai scout ! Mon petit scout ! » avait dit sa mère.

Dans sa voix, il y avait la tendresse que Brian y trouvait quand il était petit, au lit avec un bon rhume. Quand elle posait la main sur son front. Alors, ses yeux avaient commencé à le brûler et il avait détourné le regard vers la fenêtre, oubliant la hachette attachée à sa ceinture.

Comme il s'agissait d'un vol desservant le Grand Nord en partance d'un petit aéroport, il n'y avait pas eu de contrôle. Quand Brian était arrivé, l'avion attendait déjà, le moteur en marche. Empoignant sa valise et son sac, il avait couru jusqu'à l'appareil sans prendre le temps d'enlever la hachette.

Elle se trouvait donc toujours à sa ceinture. D'abord, Brian en avait été un peu gêné, mais comme le pilote n'avait pas fait la moindre remarque, dès le décollage il n'y avait plus pensé.

L'odeur se faisait de plus en plus insistante. Brian se tourna vers son compagnon. Maintenant, il se tenait l'estomac des deux mains et grimaçait de douleur. Puis il se frotta à nouveau l'épaule gauche.

« Je ne sais pas ce qui m'arrive, bonhomme... » L'homme avait parlé d'une façon à peine audible.

« J'ai mal ! Très mal ! Je pensais que j'avais mangé quelque chose qui ne passait pas, mais... »

Tenaillé par un spasme douloureux, il se tut. Sous l'effet de la souffrance, il se balançait d'avant en arrière sur son siège.

« Je n'ai jamais eu un truc de ce genre... »

Levant péniblement la main, il chercha le boîtier de commandes de sa radio, passé sous sa ceinture, et appela faiblement :

« Ici le vol quatre, six... »

A cet instant, il eut un terrible soubresaut puis sembla s'enfoncer dans son siège. Brian tendit la main vers lui. D'abord, il ne comprit pas ce qui se passait.

La bouche du pilote se raidit. Se tenant toujours l'épaule, il poussa un juron.

« Ma poitrine ! souffla-t-il. Mon Dieu, on m'arrache la poitrine ! »

Maintenant, Brian savait.

Le pilote faisait un infarctus.

Brian se souvint du jour où il se trouvait dans une galerie marchande avec sa mère quand un homme avait eu le même malaise. Il s'était écroulé sur le sol en se plaignant de douleurs à la poitrine. C'était un homme âgé. Bien plus âgé que le pilote.

Celui-ci venait donc de faire un infarctus. A l'instant où Brian le comprit, il vit l'homme se tasser encore davantage sur son siège et bouger la jambe droite, ce qui fit virer brutalement l'avion dans cette direction. Puis il renversa la tête en arrière et de la salive apparut aux commissures de ses lèvres. Brian resta horrifié. Tout s'était passé si vite !

Un instant plus tôt, le pilote lui parlait. Il lui disait qu'il avait mal. Et maintenant, Brian était là, seul dans un avion qui ronflait à sept mille pieds au-dessus des vastes étendues sauvages du nord. Seul, dans un avion sans pilote.

2

TOUT D'ABORD, BRIAN FUT INCAPABLE D'ACCOMPLIR LE MOINDRE GESTE

et, même lorsque son esprit se remit à fonctionner et qu'il réalisa ce qui s'était passé, il resta tout aussi inactif. C'était comme s'il était paralysé.

D'abord, il chercha à nier l'évidence. Le pilote s'était peut-être assoupi. Oui, c'était cela, juste assoupi. D'un instant à l'autre, il ouvrirait les yeux, poserait les mains sur les commandes, les pieds sur les pédales... Hélas, il n'en fut rien.

Le pilote ne fit pas le moindre mouvement. Seule sa tête roula sur son cou, lorsque l'avion entra dans une zone de légères turbulences.

L'avion.

Il continuait à voler. Des secondes s'étaient

écoulées depuis l'accident cardiaque du pilote, une minute presque, et il volait comme si de rien n'était. Brian se dit qu'il devait faire quelque chose. Mais il ignorait quoi.

Prêter secours au pilote.

Voilà ce qu'il devait faire : prêter secours au pilote.

Il avança une main vers son voisin. Les doigts tremblants, il lui effleura la poitrine. Brian savait qu'il existait des gestes à accomplir en pareil cas. Par exemple, pratiquer le bouche-à-bouche tout en appuyant sur la poitrine du malade. Mais il ignorait comment s'y prendre. Et puis, de toute façon, c'était impossible, puisque le pilote était toujours attaché sur son siège. Aussi se contenta-t-il de le toucher du bout des doigts, de lui effleurer la poitrine. Il ne sentit rien. Ni battement de cœur, ni mouvement respiratoire. L'homme était sans doute mort.

« Monsieur... »

L'avion fit une nouvelle embardée, et Brian s'aperçut que le nez de l'appareil s'abaissait. Ce nouvel angle d'inclinaison augmenta sa vitesse. Brian savait qu'en continuant ainsi il risquait de finir sa course dans les arbres. Il les voyait devant lui, à l'horizon, là où quelques instants plus tôt seul le ciel était visible.

Il devait prendre les commandes. Piloter. Se tirer lui-même de cette situation difficile.

Le pilote était mort ; il ne pouvait plus rien pour lui.

Il se mit alors bien en face du tableau de bord et posa ses mains tremblantes sur le manche devant lui. Enfin, il mit doucement ses pieds sur les pédales.

Pour que l'avion monte, il fallait tirer le manche vers l'arrière : Brian le savait pour l'avoir lu. Il tira fort, et le manche glissa vers lui sans difficulté.

L'appareil se cabra et Brian en eut l'estomac retourné. Il poussa le manche, alla trop loin cette fois, et le nez de l'avion plongea plus bas que la ligne d'horizon. Sa vitesse s'accrut et l'appareil se mit en piqué.

Brian tira à nouveau le manche, mais plus doucement : le nez de l'appareil se redressa sans brusquer et l'avion finit par se stabiliser. Brian respira à fond et essaya de penser à ce qu'il devait faire ensuite.

C'était une journée de ciel bleu, claire, avec quelques légers nuages çà et là. Un instant, le garçon regarda par la fenêtre, comme s'il espérait voir quelque chose, une ville, ou un village.

Mais il n'y avait rien. Que des arbres, et des lacs qui se faisaient de plus en plus nombreux au fur et à mesure que l'avion progressait. Dans quelle direction ? Mystère.

Brian regarda le tableau de bord, examina les cadrans, espérant y découvrir une aide. Un compas, par exemple. Mais comment s'y retrouver dans ce fouillis de chiffres et de lumières ? Un écran éclairé, au centre du tableau de bord, indiquait le nombre 342. Un autre, à côté, 22. Juste en dessous, il y avait des cadrans qui semblaient signaler le mouvement des ailes : si elles s'inclinaient ou bougeaient, par exemple, et un autre avec une aiguille sur le nombre 70. L'altimètre, peut-être, pensa Brian. L'instrument qui lui donnait sa hauteur par rapport au sol. Ou au niveau de la mer. Il avait lu quelque part un article sur ces appareils, mais il ne pouvait se rappeler ce qu'il disait ni dans quelle revue c'était.

Légèrement à gauche, au-dessous de l'altimètre, se trouvait un petit panneau rectangulaire avec un cadran éclairé et deux boutons. Brian l'avait vaguement vu auparavant sans remarquer l'inscription : ÉMETTEUR 221, gravée dans le métal en lettres minuscules, en haut du panneau.

La radio, bien sûr.

Il fallait qu'il l'utilise. Puisque le pilote était... Brian se refusait à prononcer le mot « mort ». Il se refusait même à penser à ce mot. Donc, puisque le pilote avait été frappé par une maladie subite, il devait essayer d'utiliser la radio.

Tassé sur son siège, l'homme portait toujours son casque qui avait légèrement glissé sur le côté. Et le boîtier de commande était toujours pincé à sa ceinture.

Brian devait donc lui enlever son casque, s'il voulait utiliser la radio. Il allait être obligé de se pencher sur lui...

A nouveau, ses mains se mirent à trembler. Il ne voulait pas toucher le pilote, mais il n'avait pas le choix.

Délicatement, il lâcha le manche et attendit quelques instants. Qu'allait-il se passer ? L'avion continua à voler normalement, sans à-coups.

Parfait... Maintenant, il ne fallait pas hésiter. Brian se tourna, saisit le casque et le fit glisser de la tête du pilote tout en surveillant l'altitude de l'avion. Le casque vint sans difficulté, mais le boîtier de commande était coincé à la ceinture du pilote, et Brian dut tirer pour le libérer. Il heurta alors le manche à balai de l'épaule et aussitôt l'avion se mit en piqué. Brian reprit le manche, le tira, trop brutalement ; l'appareil eut une série de secousses brusques. Brian finit tout de même par le stabiliser.

Il lui fallut encore une seconde ou deux pour mettre le casque sur sa tête et ajuster le petit micro devant sa bouche. Il avait vu le pilote s'en servir : il l'avait vu appuyer sur le bouton du boîtier, à sa ceinture, aussi l'imita-t-il. Puis il souffla dans le micro.

Le bruit de sa propre respiration résonna dans le casque.

« Allô ! Vous m'entendez ? Allô... »

Brian renouvela son appel à deux ou trois reprises, puis attendit. Mais rien ne se fit entendre, sinon le bruit de sa propre respiration.

Alors il fut pris de panique et il se mit à crier dans le micro à pleins poumons.

« Au secours ! Je vous en supplie, aidez-moi ! Je suis dans cet avion et je ne sais pas... Je ne sais pas... »

Il éclata en sanglots. Il pleurait et criait à la fois en frappant le manche avec ses mains, et l'avion plongeait brusquement pour remonter aussitôt. Dans le micro, seul résonnait le bruit de ses propres pleurs qui semblaient se moquer de lui.

Le micro... Soudain, Brian se ressaisit. Il venait

de se souvenir qu'il avait utilisé une radio CB chez son oncle, un jour. Il fallait couper le micro pour recevoir une conversation. Vite, il tendit la main vers sa ceinture et fit jouer le bouton.

Pendant une seconde, tout ce qu'il entendit fut le WHUSSSH des ondes hertziennes. Puis, à travers le bruit et les parasites, il discerna une voix.

« Qui que vous soyez, vous qui appelez sur cette fréquence, je répète, coupez votre micro... Vous me couvrez ! Vous me couvrez ! Terminé ! »

Le silence revint. Brian appuya sur le bouton du boîtier.

« Je vous entends ! Je vous entends ! C'est moi... »

Il lâcha le bouton.

« Compris ! Je vous reçois, maintenant ! fit la voix, très faible. Exposez votre problème et donnez votre position. Et dites "Terminé" pour signaler la fin de la transmission. Terminé. »

Exposer mon problème..., se dit Brian. Mon Dieu ! Mon problème !

« Je suis en avion, avec un pilote qui est... Qui a eu un infarctus ou quelque chose dans ce genre. Il est... Il ne peut plus piloter. Et moi, je ne sais pas piloter. Au secours ! Au... »

Il coupa son micro sans terminer la transmission-radio comme le lui avait indiqué son correspondant.

Il y eut un silence, puis la voix tant attendue lui parvint.

« Votre message a été brouillé, j'en ai perdu la plus grande partie. A ce que j'ai compris... pilote... vous ne savez pas piloter. Exact ? Terminé ! »

Maintenant, Brian entendait à peine son correspondant. Ce qu'il entendait, c'étaient surtout des parasites.

« Exact ! Je ne sais pas piloter. L'avion continue à voler, mais je ne sais pas pour combien de temps. Terminé !

— Votre position, s'il vous plaît ! Numéro de vol... Position... miné.

— Je ne connais pas mon numéro de vol ni ma position. Je ne sais rien. Je vous l'ai dit. Terminé. »

Brian attendit la suite. Mais en vain. Une fois, l'espace d'une seconde, il lui sembla discerner un mot. Puis plus rien. Deux minutes, trois minutes, dix minutes... Le moteur de l'avion ronflait. Briant eut beau tendre l'oreille, pas la moindre voix ne lui parvint. Alors, il appuya à nouveau sur le bouton de son micro.

« Je ne connais pas mon numéro de vol. Je m'appelle Brian Robeson et nous avons quitté Hampton, dans l'Etat de New York, pour les champs de pétrole canadiens où je vais rendre visite à mon père. Je ne sais pas piloter un avion et le pilote... »

Sa voix commençait à se briser ; d'un moment à l'autre, il allait éclater en sanglots.

Prenant une profonde inspiration, il poursuivit :

« Si vous m'entendez et si vous pouvez m'aider à piloter, répondez-moi, je vous en supplie ! »

Il lâcha à nouveau le bouton, mais il n'entendit rien. Seulement une sorte de bruissement dans le casque. Au bout d'une demi-heure passée à écouter et à répéter ses appels au secours, il enleva le casque dans un geste de découragement et le jeta. C'était sans espoir.

Brian essaya à nouveau de déchiffrer les cadrans. Il lui semblait important de savoir à quelle vitesse il volait. Un cadran éclairé indiquait 160. S'agissait-il de miles, ou de kilomètres à l'heure ? De la vitesse de l'avion par rapport à l'air ou par rapport au sol ? Il savait que ces deux vitesses étaient différentes, mais ignorait de combien.

Des fragments de lectures concernant les avions lui revinrent en mémoire. Comment fonctionnaient les ailes, comment l'hélice propulsait l'avion dans le ciel. Des choses simples qui ne lui étaient d'aucune utilité au moment présent.

Une heure s'écoula.

Brian ramassa le casque et essaya à nouveau d'entrer en contact avec quelqu'un. Ce casque, il le savait bien, était tout ce qui lui restait. Mais personne ne lui répondit. Il était enfermé dans une cabine minuscule qui fonçait dans le ciel à vraisemblablement 200 kilomètres à l'heure. Et qui se dirigeait vers... Brian l'ignorait. Et jusqu'à quand volerait-il ? Jusqu'à ce que l'avion tombe en panne d'essence. Oui, lorsque l'avion tomberait en panne d'essence, il s'écraserait.

Il n'y avait donc pas de temps à perdre.

Brian pouvait tirer la manette des gaz et faire descendre l'avion tout de suite. Il avait vu le pilote faire l'inverse pour accroître la vitesse. S'il la tirait, le moteur ralentirait et l'avion perdrait de l'altitude.

C'était à lui de choisir. Attendre que l'avion n'ait plus d'essence et tombe, ou bien pousser la manette et faire en sorte que cela arrive plus tôt. Dans le premier cas, il irait plus loin, mais il ignorait où. Un cadran qui pouvait être le compas indiquait 342, mais cela ne signifiait rien pour Brian. Attendre la panne d'essence ? Tomber tout de suite ? Où était la différence ? Alors, pourquoi ne pas couper le moteur ?

Pourtant, Brian rejetait cette idée. Pour l'instant, il était en sûreté.

Aussi choisit-il de laisser l'avion poursuivre sa route en conservant de l'altitude. Il essaya à nouveau de faire fonctionner la radio. Il imagina une méthode. Toutes les dix minutes — il y avait une petite horloge, insérée dans le tableau de bord — il essayerait d'appeler avec ce message simple :

« J'ai besoin de secours. Est-ce que quelqu'un m'entend ? »

Entre les transmissions, il tenta de se préparer à ce qui l'attendait. Quand il n'aurait plus d'essence, l'avion tomberait. Il espérait que, l'hélice ne fonctionnant plus, il n'aurait qu'à baisser le nez de l'appareil pour qu'il poursuive sa route en planant. Sans doute avait-il lu cela quelque part, à moins qu'il n'en ait eu lui-même l'idée. De toute façon, c'était plausible. Il lui faudrait abaisser le nez de l'avion afin de garder sa vitesse de vol en palier puis, juste avant d'atteindre le sol, le remonter afin de ralentir le plus possible.

Tout cela était parfaitement plausible : descendre en vol plané, puis diminuer la vitesse de l'avion et atteindre le sol.

Atteindre le sol...

Brian pensa qu'il devait repérer une clairière, pendant sa descente. Hélas, il n'en avait pas vu une seule depuis qu'ils avaient commencé à survoler la forêt. Il y avait bien quelques marécages, mais ils étaient parsemés d'arbres. Pas de route. Pas de piste. Pas de clairière.

Seulement des lacs. L'évidence s'imposa à Brian : il devrait utiliser un lac, pour atterrir. S'il se posait au milieu des arbres, c'était la mort certaine. L'avion se disloquerait en les percutant.

Il lui faudrait donc se poser sur un lac. Non, au bord d'un lac. Il devrait s'approcher de la berge d'un lac et tâcher de ralentir l'avion autant que possible juste avant d'atteindre l'eau.

Facile à dire... Difficile à faire.

Impossible à faire !

Brian renouvela son appel-radio dix-sept fois. Toutes les dix minutes. Dans l'intervalle, il mettait au point la procédure à suivre pour se poser. Il s'absorba dans l'examen du tableau de bord. Il fit tout ce qui était en son pouvoir : il serra sa ceinture, se cala dans son siège et se répéta mentalement la manœuvre d'atterrissage : lorsque l'appareil n'aurait plus d'essence, il devrait abaisser le nez et se diriger vers le lac le plus proche. Là, il lui faudrait essayer de voler presque au-dessus de l'eau. Et, juste avant de l'atteindre, pousser le manche de façon à réduire la vitesse de l'avion et rendre l'impact moins brutal.

Brian essaya de se représenter en détail toutes ces étapes. Il voulait être prêt.

Mais, entre le dix-septième et le dix-huitième appel-radio, sans prévenir, le moteur toussota brusquement, ronfla avec violence pendant une seconde puis se tut. Le silence tomba, troublé seulement par le bruit de l'hélice et du vent sur le cockpit.

Comme un automate, Brian abaissa le nez de l'avion.

3

L'APPAREIL PERDIT DE L'ALTITUDE EN UN VOL PLANÉ RAPIDE.

Maintenant, il n'y avait plus le moindre lac en vue. Lorsque Brian et le pilote avaient commencé à survoler la forêt, il n'y avait que cela ; désormais, il n'y en avait plus un seul... Très loin à l'horizon, Brian en apercevait plusieurs, de même sur la droite et sur la gauche, à distance. Leurs eaux bleutées étincelaient dans la lumière de cette fin d'après-midi.

Ce qu'il lui fallait, c'était un lac juste là-devant. Il en avait absolument besoin, mais tout ce qu'il voyait, c'étaient des arbres. Des arbres vert sombre.

« Si je faisais demi-tour ? » pensa Brian. Mais

saurait-il piloter l'avion de façon qu'il continue à voler ? C'était peu probable.

Soudain... Là !

Pas tout à fait devant l'appareil, un peu sur la droite, il y avait un lac ! En forme de L, avec des angles arrondis. L'avion était presque dans l'axe de la partie la plus longue, juste un peu sur la droite. Brian fit virer l'appareil dans cette direction.

L'avion perdit encore de la vitesse et se mit en piqué. Brian tira sur le manche avec délicatesse et le nez se releva. La manœuvre ralentit dangereusement l'appareil qui sembla presque s'arrêter. Effrayé, Brian poussa le manche à balai. La manœuvre augmenta un peu la vitesse. Mais, une fois encore, tout ce qu'il voyait à travers le pare-brise, c'étaient des arbres. Rien que des arbres. Le lac était toujours hors d'atteinte.

Pendant deux ou trois secondes, le temps parut suspendu. Presque arrêté. L'avion volait toujours, mais si lentement ! Si lentement... qu'il n'atteindrait jamais le lac.

Brian regarda de côté et aperçut un étang, et, dedans, un animal assez gros. Un élan, peut-être. Tout avait l'air si tranquille, si calme... L'étang, l'élan, les arbres... Brian glissait lentement au-dessus d'eux.

Bientôt, il ne fut plus qu'à trois ou quatre cents pieds du sol. Alors, tout se passa très vite. Brian aperçut subitement les détails des arbres ; son champ de vision s'emplit de vert. Il allait se fracasser dans la forêt et mourir.

Mais la chance veillait. A l'instant même où l'avion allait s'écraser, Brian aperçut une sorte de chemin. Une large saignée, dans la forêt, constituée d'arbres morts. Elle menait au lac.

L'avion tomba comme une pierre. Brian redressa doucement le manche à balai et se raidit pour affronter le choc. Devant lui, il aperçut un instant le bleu du lac, puis l'avion s'abattit sur les arbres.

Il y eut une secousse très forte, lorsque les ailes touchèrent les pins avant de se déchirer. Brian reçut un nuage de poussière en plein visage. Aveuglé, il fut projeté vers l'avant et sa tête vint heurter violemment le manche à balai.

Un fracas épouvantable. Le bruit du métal qui se tord. Puis l'avion roula sur la droite et glissa à travers les arbres. Il s'abattit sur l'eau avec un claquement sourd. Sous le choc, le pare-brise fut arraché, les vitres de côté volèrent en éclats. L'eau plaqua Brian sur son siège. Il entendit un cri. Un hurlement, tandis que l'avion s'enfonçait dans les flots. C'était son propre cri. Il cherchait désespérément le fermoir de la ceinture, tira dessus jusqu'à ce qu'il cède, et, alors que l'eau allait l'engloutir, il parvint tant bien que mal à se glisser par la fenêtre avant. Il était libre !

Libre, mais si loin de la surface ! Ses poumons ne pourraient résister. Il avala de l'eau, une grande gorgée qui aurait dû lui être fatale. Puis il se retrouva subitement au grand jour, cracha et se mit à nager, sans savoir ce qu'il faisait. Il nagea jusqu'à ce qu'il puisse agripper des herbes folles. Jusqu'à ce qu'il sente la terre sous sa poitrine, et des brins d'herbe contre son visage. Alors seulement, il s'arrêta. Tout s'arrêta. Il ressentit une horrible souffrance. Et il s'évanouit.

4

LA MÉMOIRE LUI REVINT.

Le secret...

Ce jour-là, Brian avait fait du vélo avec son ami Terry. Une course sur une piste cyclable, avec son vélo à dix vitesses. Pour le retour, ils avaient décidé d'emprunter un autre itinéraire et c'est ainsi qu'ils étaient passés par Amber Mall. Brian se souvenait de tout avec une précision incroyable. Sur la place, l'horloge électronique de la banque indiquait 3 : 31. La température : 82[1]. Et la date. Tous ces chiffres étaient désormais imprimés à jamais dans sa mémoire.

1. Il s'agit de degrés Fahrenheit, soit un peu plus de 27 °C.

Terry venait de se tourner vers lui et lui souriait pour une raison quelconque. A cet instant, Brian regarda par-dessus la tête de son ami, et il la vit...

Sa mère.

Assise dans une voiture. Il la vit, mais elle ne le vit pas. Il s'apprêtait à lui faire signe ou à l'appeler quand quelque chose le retint. Il venait d'apercevoir un homme, dans la voiture. Un homme aux cheveux blonds, coupés court. En polo blanc.

Brian avait vu tout cela et beaucoup plus encore. Il avait découvert le secret. Les souvenirs lui revenaient par bribes. Des scènes comme celle-ci : Terry qui souriait, Brian qui regardait par-dessus sa tête et voyait la voiture et sa mère assise à l'intérieur avec un homme. Il revoyait l'horloge, avec l'heure, la température. La roue avant de sa bicyclette, les cheveux de l'homme, coupés court, son polo blanc. Des souvenirs qui lui faisaient si mal.

Brian ouvrit les yeux et poussa un cri.

Pendant quelques secondes, il se demanda où il était. Il avait l'impression que l'accident durait encore. Aussi cria-t-il jusqu'à en perdre le souffle.

Puis il se tut. Le silence ne fut plus entrecoupé que par ses sanglots. Comment l'endroit pouvait-il être aussi calme ? Quelques instants plus tôt, il y avait eu un horrible fracas, des cris, et maintenant, tout était silencieux...

Les oiseaux chantaient.

Comment les oiseaux pouvaient-ils chanter ?

Brian sentit que ses jambes étaient mouillées. Se relevant sur les coudes, il les regarda. Il avait les pieds dans l'eau. Il essaya de bouger, mais une douleur atroce le transperça ; alors il renonça, laissant ses jambes là où elles étaient.

Quand il tourna la tête, il reçut le soleil en plein visage. Un soleil de fin d'après-midi. Et il dut détourner les yeux.

Alors, il comprit que l'accident s'était produit bien avant.

Il était vivant.

« L'accident est passé, et je suis vivant ! » se dit-il. Puis il ferma les yeux et posa la tête sur l'herbe. Quand il les rouvrit, c'était le soir, et sa douleur était moins vive, même s'il avait mal partout. Le souvenir de l'accident lui revint avec netteté.

D'abord les arbres, puis le lac. L'avion s'était écrasé puis avait sombré, et lui, Brian, était arrivé à s'en tirer.

Il se hissa hors de l'eau. Le moindre mouvement lui arrachait des gémissements. Il avait les jambes en feu, et il lui semblait que quelqu'un lui donnait des coups de marteau sur le front. Toutefois, il pouvait bouger. Il rampa jusqu'à ce qu'il ait dépassé la rive détrempée. Enfin, il s'arrêta près d'un petit buisson.

Alors, il s'allongea sur le côté, posa la tête sur un bras et ferma les yeux. C'était tout ce qu'il pouvait faire pour le moment. Il ferma les yeux et dormit d'un sommeil profond, sans rêve.

Quand Brian ouvrit les yeux, il faisait nuit. Pendant quelques instants, il fut à nouveau pris de panique. Il tourna la tête sans bouger le corps : sur le lac, le ciel était gris clair, le jour ne tarderait pas à se lever.

Il avait toujours mal, partout. Ses jambes étaient endolories, et son dos le faisait souffrir au moindre mouvement. Mais le pire était encore cette douleur lancinante, dans sa tête, qui le frappait à chaque battement du cœur.

Il se mit sur le dos, toucha ses jambes, puis se tâta les bras. Rien de cassé, selon toute vraisemblance. A neuf ans, Brian avait percuté une voiture en stationnement avec sa petite bicyclette et s'était fracturé la cheville. Il avait dû porter un plâtre pendant huit semaines. Aujourd'hui, rien de ce genre. Rien de cassé. Des commotions, c'était tout.

En se touchant le front, Brian eut l'impression qu'il était enflé. Et, bien qu'il l'eût à peine effleuré, il dut se retenir pour ne pas crier.

« Je suis vivant, se dit-il. Vivant. »

Il aurait pu en être tout à fait autrement... Il aurait pu être mort. Comme le pilote, pensa-t-il tout à coup. Le pilote, dans l'avion, là-bas, dans les eaux bleues, attaché à son siège...

Brian essaya de s'asseoir. A sa première tentative, il retomba aussitôt en arrière. Mais la seconde fois, poussant un grognement à cause de l'effort, il parvint à la position assise et se glissa sur le côté jusqu'à ce que son dos appuie contre un petit arbre. Il resta là, à regarder le lac. A regarder le ciel devenir de plus en plus clair avec l'aube naissante.

Ses vêtements étaient trempés. Il grelotta. Rassemblant ce qui restait de son coupe-vent — des lambeaux — autour de ses épaules, il y trouva un peu de chaleur. Impossible de réfléchir. Impossible de faire fonctionner correctement son cerveau.

Les choses semblaient aller et venir entre la réalité et l'imaginaire, à cette différence près que ce qui se passait était bien réel. Pendant une seconde, il lui sembla avoir complètement imaginé l'accident d'avion ; il se dit que tout cela était survenu à quelqu'un d'autre ou s'était passé dans un film. Puis il sentit ses vêtements, mouillés et glacés, son front douloureux : tout était bien réel. L'accident était bel et bien arrivé. Et il resta assis à regarder le lac tandis que la souffrance le torturait. A regarder le soleil monter dans le ciel, au bout du lac.

Une heure plus tard, peut-être deux, le soleil fut à mi-chemin de son ascension. Maintenant, il faisait moins froid, et, avec la chaleur, arrivèrent des nuées d'insectes. Des hordes de moustiques qui se précipitèrent sur le corps de Brian, formant un véritable manteau vivant sur sa peau nue. Ils s'insinuaient dans ses narines chaque fois qu'il prenait une bouffée d'air, entraient à flots dans sa bouche lorsqu'il l'ouvrait pour reprendre son souffle.

C'était incroyable. Non, pas cela ! Brian s'était sorti de cet accident épouvantable, il n'allait pas se laisser dévorer par des insectes ! Il toussa pour chasser ceux qui se trouvaient dans sa bouche, éternua. Fermant les yeux, il se frotta le visage sans arrêt, écrasant les moustiques par dizaines. Mais à peine avait-il nettoyé un petit morceau de peau qu'arrivait un nouveau vol, serré, bourdonnant. Des moustiques et d'autres petits insectes noirs que Brian ne connaissait pas. Et tous le piquaient, le mordaient, le détruisaient.

Au bout d'un moment, ses yeux gonflèrent et il ne put plus les ouvrir. Son visage devint bouffi, en parfaite harmonie avec son front meurtri. Il tira les lambeaux de son coupe-vent pour s'en recouvrir la tête et essayer de se réfugier sous cet abri de fortune, mais sans succès : le vêtement était trop déchiré. Poussé par l'énergie du désespoir, il tira sur son tee-shirt pour se protéger le visage. Mais alors, son dos mis à nu fut la proie des moustiques. Ils se ruèrent sur cette peau tendre avec tant d'avidité que Brian rabaissa sa chemise.

Il n'y avait rien à faire pour leur échapper.

Brian se mit à pleurer de désespoir.

Lorsque le soleil fut au zénith, ses rayons le frappèrent directement. Ses vêtements mouillés se mirent à fumer. Alors, d'un seul coup, tous les insectes s'envolèrent.

« De véritables vampires », pensa Brian. Selon toute vraisemblance, ils n'aimaient pas la nuit, à cause du froid, sans doute. Et ils ne supportaient pas la lumière vive du soleil. Mais au début de la matinée, quand l'air se réchauffait peu à peu, et avant que le soleil ne soit à son apogée, il ne pourrait leur échapper.

« Hooo-hisse ! » Au prix d'un effort surhumain, Brian parvint à se lever en s'appuyant à l'arbre. Il avait mal partout. Les muscles de son dos devaient également avoir été touchés : lorsqu'il s'était étiré, il avait eu l'impression qu'ils se déchiraient. Et, tandis que la douleur de son front semblait diminuer un peu, le simple fait d'essayer de se mettre debout le fit souffrir au point de perdre presque conscience.

Le dos de ses mains était enflé, il avait du mal à ouvrir les yeux à cause des piqûres de moustiques. Il ne voyait que par une fente étroite.

Non pas qu'il y ait eu beaucoup à voir, se dit-il, en grattant ses mains meurtries qui le démangeaient. Le lac s'étendait à ses pieds. Brian se trouvait à la base du L, face à la partie la plus allongée, la partie la plus courte à sa droite. Dans la lumière et le calme du matin, l'eau était absolument tranquille. Il pouvait voir le reflet des arbres sur l'autre rive du lac. Vus dans l'eau, à l'envers, ils ressemblaient presque à une autre forêt, à une forêt sens dessus dessous faisant pendant à la forêt véritable. Tandis qu'il regardait, un oiseau énorme, une sorte de corbeau mais beaucoup plus gros, surgit des bois.

Du vert. Du vert partout. La forêt était composée de pins et de sapins, de buissons bas, çà et là, et d'herbe épaisse. Brian était incapable de donner un nom à cette végétation, excepté pour les conifères et quelques arbres couverts de feuilles qui pouvaient être des peupliers. Il en avait vu à la télévision, dans des documentaires sur la flore des montagnes. Aux alentours du lac, le paysage était légèrement vallonné. Il y avait peu de rochers, sauf sur la gauche. Là, une crête rocheuse surplombait le lac sur une vingtaine de pieds.

Si l'avion avait légèrement dévié sur la gauche, il l'aurait heurtée et n'aurait jamais atteint le lac.

« J'ai eu de la chance ! pensa-t-il. Beaucoup de chance. »

Mais il savait que c'était faux.

Brian grimaça de douleur. Surtout ne pas y penser...

L'éperon rocheux était arrondi et semblait fait d'une sorte de grès avec des couches plus sombres. A son aplomb, sur le lac, à l'angle du L, un monticule de bois et de boue émergeait de l'eau sur huit ou dix pieds de haut. Tout d'abord, Brian fut incapable de dire de quoi il s'agissait. Mais il savait qu'il avait déjà vu la même chose, dans des films, sans doute. Soudain, une petite tête brune creva la surface de l'eau, près du monticule, et se mit à nager, laissant des rides en V, derrière lui. Alors, Brian se souvint. Il s'agissait d'une hutte de castors, comme il en avait vu dans un reportage à la télévision.

Un poisson sauta, il n'était pas gros, mais il souleva une gerbe d'eau près du castor et, comme s'il s'agissait d'un signal, les poissons se mirent à sauter par centaines, à frapper l'eau.

Brian les observa pendant un moment, toujours dans une sorte de demi-hébétude, sans pouvoir réfléchir convenablement. C'était très joli. Il y avait là des choses tout à fait inconnues à découvrir. Mais tout baignait dans un brouillard confus vert et bleu, alors que lui était habitué au gris et au noir de la ville. A la circulation, aux conversations des gens. Au bourdonnement incessant et aux plaintes d'une grande cité.

Ici, au début, tout était silencieux. Ou, du moins, le paraissait. Mais lorsque Brian se mit à écouter, à écouter vraiment, il entendit des milliers de bruits. Des sifflements et des craquements, des chants d'oiseaux, des vrombissements d'insectes, des bruits d'éclaboussure lorsque les poissons sautaient. Il y avait beaucoup de bruits ici, mais des bruits que Brian ne connaissait pas. Les couleurs aussi étaient nouvelles pour lui.

Il était fatigué ! Si affreusement fatigué ! Rester debout lui avait demandé beaucoup d'énergie, l'avait épuisé. Le contrecoup de l'accident, sans doute.

Il trouva un autre arbre, un grand pin ayant seulement des branches à son sommet, et s'y adossa, les yeux tournés vers le lac. Le soleil le réchauffa et il ne tarda pas à s'endormir à nouveau.

5

BRIAN OUVRIT BRUSQUEMENT LES YEUX

et tout lui revint aussitôt en mémoire. Il avait terriblement soif. Sa bouche était sèche et pâteuse. Ses lèvres si craquelées qu'elles semblaient saigner. S'il ne buvait pas un peu d'eau au plus vite, il allait mourir déshydraté. Il lui fallait de l'eau.

Il souffrait de la soif, mais aussi de la brûlure du soleil sur son visage. C'était le milieu de l'après-midi et le soleil l'avait littéralement cuit pendant son sommeil ; il avait le visage en feu. Il serait bientôt couvert de cloques et pèlerait.

Brian se leva en utilisant l'arbre comme appui car il souffrait toujours beaucoup et était ankylosé.

Puis il regarda en direction du lac.

De l'eau... Mais était-elle potable ? Personne ne lui avait jamais dit si on pouvait boire l'eau des lacs. Et puis, il y avait le pilote... Le corps du pilote...

Quelle horreur ! Mais le lac était bleu et plein d'eau, et la bouche et la gorge de Brian lui faisaient si mal ! Et puis, il ignorait s'il pourrait trouver de l'eau potable ailleurs. De toute façon, il en avait probablement avalé des litres lorsqu'il s'était extrait de l'avion et avait nagé jusqu'au rivage.

Dans les films, le héros trouvait toujours une source où coulait une eau pure qui lui permettait d'étancher sa soif. Mais dans les films, le héros n'était pas vraiment rescapé d'un accident d'avion, il n'avait pas vraiment le front enflé, il n'était pas perclus de douleurs et ne souffrait pas d'une soif qui le déchirait...

Brian descendit vers la rive à petits pas. Le long du bord, l'herbe était drue, l'eau un peu trouble. De petits insectes y nageaient. Mais il y avait une souche qui s'avançait dans le lac sur cinq ou six mètres, avec des rameaux secs formant presque des poignées. Une ancienne habitation de castor, sans doute. En équilibre sur le morceau de bois, Brian dépassa les herbes et l'eau trouble.

Lorsqu'il eut atteint un endroit où l'eau était claire et sans bestioles en train de nager, il s'agenouilla pour boire. « Une gorgée », se dit-il, toujours peu confiant en la qualité de l'eau du lac. « Juste une gorgée... »

Mais, lorsqu'il sentit l'eau fraîche couler sur ses lèvres craquelées et sur sa langue, il ne put plus s'arrêter. Jamais, même au cours de ses longues randonnées à bicyclette sous le chaud soleil de l'été, il n'avait eu aussi soif. C'était comme si l'eau était devenue plus que de l'eau, devenue la vie même. Il se pencha et plongea sa bouche dans le lac. Et il but à grandes gorgées. Jusqu'à ce que son estomac soit plein. Alors, il se leva et regagna la rive en chancelant.

Là, il se sentit tout de suite mal et recracha presque tout ce qu'il avait bu. Mais sa soif était apaisée et l'eau semblait avoir fait diminuer la douleur de sa tête, même si le soleil lui brûlait toujours le visage.

« Bien... »

Il avait presque sursauté, en prononçant ce

mot à voix haute. Le son d'une voix lui paraissait tellement insolite, tout à coup !

Pour la première fois depuis l'accident, son cerveau se remettait à fonctionner.

« Je suis ici. Mais où ? Où suis-je ? »

Brian retourna vers le grand pin sans branche et s'adossa à nouveau à son écorce rugueuse. Il faisait chaud, mais l'ombre de l'arbre lui procurait un certain confort. Il était temps de réfléchir.

Il voyageait dans un petit avion qui volait en direction du nord. Il allait passer deux mois d'été chez son père. Le pilote avait eu un infarctus et en était mort. L'avion s'était écrasé quelque part dans les forêts canadiennes. Il ne savait rien de la distance parcourue, de la direction prise et de l'endroit où il se trouvait.

« Pas si vite ! se dit-il. Réfléchissons moins vite !

« Je m'appelle Brian Robeson et j'ai treize ans. Je suis seul dans les forêts du nord du Canada.

« Parfait ! Comme ça, c'est assez facile.

« Je volais pour aller chez mon père et l'avion s'est écrasé et s'est abîmé dans le lac.

« Parfait ! Il faut continuer comme cela. Procéder par bribes.

« Je ne sais pas où je suis.

« Cela ne signifie pas grand-chose. Il vaudrait mieux dire “ils” ne savent pas où je suis. “Ils”, c’est-à-dire tous ceux qui doivent s’occuper de moi. Ceux qui doivent être à ma recherche... »

En effet, des gens devaient le rechercher. Rechercher l’avion. Son père et sa mère devaient être fous d’inquiétude. Ils allaient remuer ciel et terre pour le retrouver. Brian avait vu aux journaux télévisés comment se déroulaient les recherches, en cas de disparition d’avion. On mettait en place un important dispositif de recherches et l’appareil était presque toujours retrouvé un ou deux jours plus tard. Avant de quitter l’aéroport, les pilotes déposaient leur plan de vol avec leur destination, leur heure de départ et l’itinéraire qu’ils comptaient emprunter. Les sauveteurs demanderaient l’aide de l’armée de l’Air et déborderaient largement le trajet qu’indiquait le plan de vol du pilote. Et ils chercheraient jusqu’à ce qu’ils l’aient trouvé.

Peut-être aujourd’hui même, qui sait ? Le lendemain de l’accident.

Brian fronça les sourcils. Etait-ce le lendemain, ou le surlendemain ? Ils s’étaient écrasés dans l'après-midi, et il était resté toute la nuit dehors, dans le froid. C'était donc la première journée qu'il passait seul. Mais ils pouvaient tout de même arriver aujourd'hui. Ils avaient sans doute entrepris des recherches dès qu'ils s'étaient aperçus que l'avion n'était pas arrivé à destination.

Oui, ils arriveraient probablement aujourd'hui.

Ils arriveraient avec des hydravions, leur permettant de se poser ici même, sur le lac. Et ils le ramèneraient chez lui.

Oui, mais où ? Chez son père, ou chez sa mère ? Brian ne réfléchit pas davantage à la question. Cela n'avait aucune importance. De toute façon, il arriverait sans doute à la maison tard dans la nuit ou demain matin très tôt. Alors, il pourrait s'asseoir devant un énorme hamburger au fromage, bien crémeux, avec des tomates ; il mangerait aussi du poulet frit avec du ketchup. Et il boirait un onctueux milk-shake au chocolat.

A cette pensée, Brian sentit la faim le tenailler. Elle était présente depuis longtemps, mais quelque chose d'autre — la peur, la douleur — l'avait masquée. Maintenant, son estomac criait famine.

Et il n'avait rien à manger. Rien.

Que faisaient-ils, dans les films, lorsqu'ils étaient dans une situation pareille ? Ah, oui ! En général, le héros trouvait une plante comestible et s'en nourrissait. Ou bien il se fabriquait un piège pour attraper un animal qu'il faisait cuire sur un foyer de fortune.

L'ennui, se dit Brian en regardant autour de lui, c'est qu'il ne voyait que de l'herbe et des broussailles. A l'évidence, il n'y avait rien à manger et, mis à part des milliers d'oiseaux et le castor, il n'avait vu aucun animal qu'il puisse attraper et faire cuire. Et même s'il avait pu en capturer un, comme il n'avait pas d'allumettes, impossible de faire du feu...

Rien. Il n'avait rien.

« Je devrais peut-être essayer de déterminer où je me trouve, pensa Brian. Cela m'occuperait l'esprit et m'empêcherait de penser à la nourriture. Jusqu'à ce qu'ils me découvrent... »

Le garçon avait eu un professeur d'anglais, un certain Perpich, qui disait toujours qu'il fallait être positif, penser positif. Comment être positif dans une telle situation ?

Brian s'agenouilla. Fouillant dans ses poches, il vida leur contenu dans l'herbe, devant lui.

C'était à pleurer ! Quelques pièces de monnaie, un coupe-ongle, un porte-billets avec un billet de vingt dollars que lui avait donné sa mère et des morceaux de papier.

A sa ceinture, la hachette était toujours là. Le cadeau de sa mère. Brian n'y avait plus pensé. Il la décrocha et la jeta dans l'herbe. Un peu de rouille apparaissait déjà sur le tranchant de la lame et il l'essuya du pouce.

C'était tout.

Brian fronça les sourcils. Non, un instant... S'il jouait le jeu, autant le jouer dans les règles. Il ne devait rien oublier.

Il avait aussi une paire de tennis en bon état, presque sèches. Et des chaussettes. Un jean, des sous-vêtements, une ceinture de cuir fin, un t-shirt et un coupe-vent en lambeaux. Une montre, aussi. Sa montre digitale qui ornait toujours son poignet mais ne fonctionnait plus. Brian l'enleva pour la jeter mais y renonça et la déposa sur l'herbe avec le reste.

Voilà, c'était tout.

Non, un instant, encore... Il avait autre chose. Il avait fait l'inventaire de tous les objets qu'il possédait, mais il lui restait sa propre personne.

« Vous êtes vous-même votre bien le plus

précieux, leur serinait Perpich. Ne l'oubliez jamais ! »

Brian regarda à nouveau autour de lui.

« Comme j'aimerais que vous soyez là, Perpich ! J'ai faim et j'échangerais n'importe quoi contre un hamburger ! J'ai faim ! »

Il avait parlé à haute voix, d'abord normalement puis de plus en plus fort, pour finir par hurler :

« J'ai faim ! J'ai faim ! J'ai faim ! »

Lorsqu'il se tut, il y eut un brusque silence car les bruits et les chants d'oiseaux s'étaient éteints aussi. C'était comme si la voix de Brian avait alarmé tout le petit monde de la forêt qui guettait, silencieux et immobile. Etonné, il regarda autour de lui : il lui semblait n'avoir jamais entendu, de toute sa vie, le silence. Le silence complet.

Il dura quelques secondes. Enfin, les oiseaux se remirent à chanter, les insectes à bourdonner...

« Evidemment, se dit-il, en ramassant ses maigres biens et en remettant la hachette à sa ceinture, s'ils arrivent cette nuit ou même demain, la faim ne constituera pas un gros problème. Des gens ont survécu plusieurs jours sans manger dans la mesure où ils avaient de l'eau. Et même s'ils arrivent demain en fin de journée, tout ira bien. J'aurai perdu un peu de poids, peut-être, mais un bon hamburger, un verre de lait et des œufs frits remettront tout cela en ordre. »

De même s'ils ne le retrouvaient que demain, tout irait bien. Il avait de l'eau : tant pis s'il ne savait pas avec certitude si elle était potable.

Brian se rassit au pied de l'arbre, le dos contre le tronc. Quelque chose le préoccupait. Il ne savait pas exactement quoi... Quelque chose au sujet de l'avion et du pilote.

Ah ! Voilà... A l'instant où le pilote avait eu son infarctus, son pied droit avait appuyé sur la pédale et l'avion avait viré. Pourquoi ce détail tourmentait-il autant son esprit ?

Parce que, lui souffla une petite voix, cela signifiait qu'ils n'arriveraient ni cette nuit ni demain...

Quand le pilote avait touché la pédale, l'avion avait tourné brusquement et changé de cours. Et, après la mort du pilote, Brian avait volé longtemps dans cette nouvelle direction. Elle n'avait sans doute rien à voir avec le plan de vol que le pilote avait déposé. Plusieurs heures durant, il avait volé à environ deux cents kilomètres à l'heure. Même s'il ne s'était écarté que faiblement de l'itinéraire initial, compte tenu de la vitesse et de la durée du vol après le décès du pilote, Brian estimait qu'il avait dû dévier de plusieurs centaines de kilomètres du trajet prévu. Or, les recherches se concentreraient d'abord dans la zone du plan de vol.

Les sauveteurs n'arriveraient pas ici avant deux ou trois jours...

A cette horrible pensée, le cœur de Brian se mit à battre plus vite.

Et s'ils ne le retrouvaient pas avant plus longtemps encore ?

S'ils ne le retrouvaient jamais ?

Brian se ressaisit. Lorsqu'un avion disparaissait, on le recherchait activement, mettant en œuvre d'importants moyens en hommes et en appareils. Ils étendraient les recherches de part et d'autre du plan de vol. Et puis, il ne fallait pas oublier le bref contact radio qu'il avait eu...

Tout se passerait bien. Ils le retrouveraient. Pas demain, peut-être, mais bientôt. Très bientôt.

La panique qui l'avait envahi disparut peu à peu. En admettant qu'ils n'arrivent pas avant deux jours, non, disons trois, ou même quatre jours, il pourrait tenir jusque-là.

En attendant il lui fallait s'occuper. Il n'allait pas rester assis au pied de cet arbre, à regarder le lac pendant quatre jours !

Et il y avait les nuits, aussi. Il était au cœur d'une forêt et il n'avait pas d'allumettes : il ne pouvait même pas faire du feu. Les bois étaient pleins de danger. Des loups, des ours...

Il jeta un coup d'œil alentour et sentit ses cheveux se dresser sur sa tête. Des bêtes sauvages étaient peut-être en train de l'observer. Elles profiteraient de l'obscurité pour se précipiter sur lui et le dévorer.

Brian promena ses doigts sur la hachette attachée à sa ceinture. C'était l'unique arme qu'il possédait, mais c'était mieux que rien.

Il lui faudrait trouver un abri et trouver à manger. Il se leva et tira sa chemise pour se protéger des moustiques.

« Il faut que je sois positif, pensa-t-il en se souvenant de Perpich. Je ne peux compter que sur moi-même. Il faut que j'agisse ! »

6

IL Y AVAIT DEUX ANS DE CELA,

Brian et son ami Terry adoraient flâner dans le parc municipal. Là, la ville semblait s'interrompre, le terrain doucement vallonné, planté d'arbres, descendait vers une petite rivière qui serpentait. Les taillis donnaient à l'endroit un aspect sauvage qui fascinait les deux inséparables. Ils s'imaginaient perdus dans les bois et passaient des après-midi entiers à échafauder des plans pour se tirer de ce mauvais pas. Bien entendu, ils partaient du principe qu'ils avaient le matériel nécessaire en pareilles circonstances : fusil, couteau, canne à pêche et allumettes... Ils pouvaient donc chasser, pêcher et faire du feu.

« Comme j'aimerais que tu sois là, Terry ! pensa Brian. Avec un fusil, un couteau et des allumettes... »

Ils avaient décrété que l'abri le plus sûr était une petite cabane abandonnée. Pourquoi ne pas en construire une, ici même, au bord du lac ? se dit Brian. A l'aide de branchages ou de roseaux.

Il se dirigea donc vers la rive du lac pour couper des branches de saule puis se ravisa : d'abord, il lui fallait chercher un emplacement adéquat. Il préférait s'installer à proximité du lac car, à son avis, même si l'avion était immergé, il pourrait être repéré par les sauveteurs depuis leur propre appareil. Autant ne pas gaspiller la moindre chance d'être secouru...

Parcourant les alentours du regard, Brian aperçut une corniche rocheuse, à sa gauche. Pourquoi ne pas construire son abri contre la roche ? Mais avant de se mettre au travail, il décida d'examiner la corniche de plus près, ce qui se révéla une excellente idée.

A une époque fort reculée, elle avait été creusée, sans doute par un glacier, et un surplomb s'y était formé au pied, pas très profond mais constituant un abri acceptable. Brian pouvait quasiment tenir droit dessous. Il lui suffisait de pencher légèrement la tête en avant pour ne pas toucher le plafond. Sous l'effet de la poussée du glacier, des blocs de roche avaient été pulvérisés : un lit de sable fin s'étendait de là jusqu'au bord du lac.

Tout ce que Brian devait faire, c'était construire un mur, tout autour du rocher, en utilisant ce toit providentiel. Il aménagerait une petite entrée et aurait alors un abri parfait, solide et sec.

Le garçon s'assit pour se reposer un peu car le seul fait de contourner le rocher l'avait exténué.

« Si seulement j'avais quelque chose à manger ! » se dit-il.

Au bout de quelques instants de repos, il descendit jusqu'au lac et but deux gorgées. Il n'avait pas réellement soif, mais il pensait que l'eau apaiserait un peu sa faim. Il se trompait : cela sembla au contraire l'attiser. Il lui fallait absolument trouver quelque chose à manger, s'il voulait avoir la force de construire un mur de branchages autour du surplomb rocheux.

Jusqu'ici, Brian n'avait jamais connu la faim. Quand il avait faim, il lui suffisait d'ouvrir le réfrigérateur ou d'aller chez l'épicier du coin. Ou encore de s'asseoir à la table familiale pour y déguster les petits plats de sa maman.

Ses bons petits plats... Un souvenir lui revint en mémoire. L'année dernière, à l'occasion de Thanksgiving... Leur dernier Thanksgiving en famille... Peu de temps après, sa mère avait demandé le divorce et son père avait déménagé en janvier. A ce moment-là, Brian connaissait déjà le secret, mais il ignorait que ce secret allait détruire leur foyer. Au menu, dinde grillée au barbecue, dans le jardin. Brian revoyait son père en train de jeter des copeaux de noyer sur le charbon de bois. Quelle bonne odeur ! Et quel régal, cette viande bien juteuse, au léger goût de fumée !

Il fallait ne pas penser à tout cela... Brian en avait l'eau à la bouche et son estomac gargouillait.

Que pourrait-il trouver à manger, ici ?

Il essaya de rassembler ses connaissances en matière de survie en milieu hostile. Un jour, il avait vu un film, à la télévision, sur les pilotes de l'armée de l'Air et leur formation. Ils suivaient des cours de survie. On les conduisait en plein désert d'Arizona où ils restaient une semaine. Ils devaient trouver nourriture et eau pendant tout le séjour.

Ils utilisaient un morceau de plastique pour recueillir la rosée. Et ils se nourrissaient de lézards. Ici, l'eau ne manquait pas, et il devait y avoir bien des lézards dans la forêt canadienne. L'un des pilotes se servait d'un verre de montre comme d'une loupe afin d'allumer du feu. Ainsi, ils n'étaient pas obligés de manger les lézards crus.

Hélas, Brian possédait une montre à lecture digitale, sans verre, et cassée, par-dessus le marché.

Autre chose, encore. Brian se souvenait que l'un des pilotes, une femme, avait trouvé des sortes de haricots et qu'elle les avait accommodés avec la chair de lézard pour en faire un ragoût, dans une boîte de conserve vide.

Lézards aux haricots...

Ici, il n'y avait pas de haricots. En revanche, il devait y avoir des baies. Les bois étaient sûrement pleins d'arbustes couverts de baies.

Brian fit quelques pas dans le sable. Le soleil était toujours haut dans le ciel. Quelle heure pouvait-il être ? Il lui semblait que, lorsque le soleil atteignait cette hauteur, il était d'ordinaire une ou deux heures de l'après-midi. A une ou deux heures de l'après-midi, sa mère débarrassait la table et se préparait pour aller LE voir. Aujourd'hui, on était jeudi, et elle allait toujours le voir le jeudi.

De petits éclats de haine s'insinuèrent dans les pensées de Brian, croissant et diminuant tour à tour. Si sa mère n'avait pas fait SA connaissance et demandé le divorce, il ne serait pas là, en ce moment.

Le garçon secoua la tête. Il fallait qu'il cesse d'avoir des pensées de ce genre.

Le soleil était toujours haut : il avait donc le temps de trouver des baies avant la tombée de la nuit. Quand viendrait l'obscurité, il ne devait pas être trop loin de sa — il avait failli dire sa « maison ». Loin de son abri. Il se mit donc en quête des baies tout en veillant à ne pas perdre de vue le lac, ainsi que la corniche rocheuse, ses uniques points de repère. Il explora d'abord la rive en direction du nord. Sur une bonne distance, deux cents mètres environ, elle n'était plantée que de pins très hauts, une espèce aux branches situées près de la cime. Une douce brise chantait dans ces grands arbres. Dessous, il ne poussait pas grand-chose.

Deux cents mètres plus haut, une zone de végétation touffue, des buissons de quelques pieds de haut, formait un mur très épais.

Si Brian avait la chance de trouver des baies, ce serait là. De cet endroit, il apercevait encore le lac, à sa droite ; il ne risquerait donc pas de se perdre. Quand il aurait fini sa cueillette, il n'aurait qu'à faire demi-tour ; le lac serait alors à sa gauche. Il ne lui resterait plus qu'à regagner son abri de fortune.

Simple.

Faire simple.

Brian avançait lentement. Ses articulations le faisaient toujours souffrir et, n'ayant rien mangé, il se sentait très faible. Dans les arbres, les oiseaux chantaient à tue-tête. Il en reconnut quelques-uns : un rouge-gorge, des mésanges. D'autres lui étaient parfaitement inconnus, comme ces oiseaux rouge orangé à gros bec, perchés en groupe sur un pin. Ils faisaient un vrai tapage et, lorsque Brian arriva à leur hauteur, ils s'envolèrent. Il les suivit des yeux. Leur couleur éclatante tranchait sur le vert sombre des arbres. C'est ainsi qu'il découvrit les baies tant souhaitées...

En effet, ces étranges oiseaux se posèrent sur

des buissons à larges feuilles et se mirent à sautiller en poussant des cris. Tout d'abord, à cause de la distance, Brian ne put pas voir ce qu'ils faisaient. Il s'approcha, ne perdant pas de vue le lac, à sa droite, et découvrit enfin qu'ils picoraient des baies.

Il n'en revenait pas ! C'était comme si les oiseaux lui avaient montré le chemin !

Des baies rouges, brillantes, à profusion ! Grosses comme la moitié d'un grain de raisin. Et formant des sortes de grappes. En les voyant, Brian eut envie de hurler de joie.

Il pressa le pas et, en un instant, il fut au milieu de ces buissons providentiels, chassant les oiseaux, empoignant les fruits avec avidité pour les porter à sa bouche. Mais il dut se retenir pour ne pas les recracher. Non qu'ils aient été trop amers, mais à cause d'un goût aigrelet qui lui assécha la bouche. Un gros noyau rappelait celui des cerises et les rendait difficiles à mâcher. Mais la faim le tenaillait tant que Brian attrapa les baies par poignées et les engloutit, noyaux compris. Impossible de s'arrêter. Même lorsque son estomac fut plein, il eut encore la sensation d'avoir faim. Devinant que les oiseaux reviendraient à la charge dès qu'il serait parti, il confectionna une sorte de sac avec les restes de son coupe-vent et le remplit de baies. Quand il en eut ramassé deux bons kilos, il se décida à regagner son campement.

« Parfait ! se dit-il. J'ai de quoi manger. Il ne me reste plus qu'à aménager mon abri. »

A la position du soleil dans le ciel, il constata qu'il avait encore pas mal de temps avant la nuit.

« Si j'avais des allumettes ! pensa Brian. Partout, du bois mort, du bois sec... Du bois qui brûlerait bien. Comment faire ? Frotter deux petits morceaux de bois ? »

Après avoir posé les baies dans son abri, bien à l'ombre pour en préserver la fraîcheur, il ramassa deux petites branches qu'il se mit à frotter l'une contre l'autre. Au bout d'une dizaine de minutes, elles commencèrent à chauffer. Mais Brian comprit qu'il n'obtiendrait jamais du feu en opérant ainsi. Et il jeta les morceaux de bois avec dépit.

Cela ne l'empêchait pas d'aménager son abri, de le rendre plus « sûr ». Plus vivable. En s'y enfermant, en quelque sorte.

Il entreprit de ramasser des branchages avec lesquels il construisit un mur tout autour du rocher, ce qui lui coûta deux heures de travail.

La fatigue l'obligeait à s'arrêter de temps en temps. Et puis, il y avait cette espèce de tiraillement qu'il ressentait à l'estomac. Des contractions. Sans doute avait-il mangé trop de baies.

La douleur se fit moins vive, et il put continuer son travail en toute tranquillité, ménageant une petite entrée sur la droite, le côté le plus près du lac. Lorsqu'il pénétra dans son repaire, Brian se retrouva dans une pièce d'environ quatre mètres cinquante de long sur deux mètres cinquante de large, et fermée, à l'arrière, par le rocher.

« Super ! dit-il en hochant la tête. Super ! »

Le soleil déclinait. Avec la fraîcheur, les moustiques reprirent leur danse infernale. Brian essaya de les chasser puis renonça. Vidant sa récolte de baies, il enfila son coupe-vent déchiré. Ainsi, au moins, ses bras étaient protégés. Il marcha à quatre pattes jusqu'au fond de son abri, et, une fois arrivé contre le rocher, il se coucha en chien de fusil et essaya de dormir.

Il était épuisé, mais le sommeil tarda à venir. Il ne s'endormit que lorsque la fraîcheur du soir fit place au froid de la nuit, le délivrant de ces horribles moustiques.

7

« MAMAN ! »

Brian avait crié, et il ne savait pas si c'était son cri qui l'avait réveillé, ou sa douleur d'estomac. Son ventre tout entier était déchiré de grands élans douloureux survenant par vagues. Une douleur qui le pliait en deux, dans l'obscurité de son petit abri.

« Maman ! Maman ! Maman !... »

Il n'avait jamais eu aussi mal. Jamais. C'était comme si toutes les baies, tous les noyaux explosaient dans son corps, le tordaient. Il rampa jusqu'à l'entrée et, une fois dehors, vomit dans le sable. Puis il se traîna un peu plus loin et vomit à nouveau. Durant plus d'une heure, il fut pris d'une terrible diarrhée et de vomissements. Une heure ? Il lui semblait que cela durait depuis une année ! Ils cessèrent enfin, le laissant exténué.

Alors, toujours à quatre pattes, il retourna à son abri et se laissa à nouveau tomber sur le sable. D'abord, il ne parvint pas à s'endormir, restant là, inerte. Et les souvenirs affluèrent...

L'allée... Brian se rappelait les moindres détails. Sa mère, assise dans la voiture avec cet homme. Elle s'était penchée et l'avait embrassé. Elle avait embrassé l'homme aux cheveux blonds coupés court, et ce n'était pas un petit baiser amical. Non, un vrai baiser... Sur la bouche... Elle avait embrassé sur la bouche cet homme blond qui n'était pas le père de Brian, et, tout en l'embrassant, elle lui avait caressé la joue, le front. Brian avait tout vu.

Dès lors, ce baiser était devenu le secret. Quelque chose que son père ignorait.

Les souvenirs étaient si précis que Brian sentait la chaleur qu'il faisait ce jour-là ; il éprouvait la peur qu'il avait eue : pourvu que Terry ne se retourne pas ! Alors, il la verrait. Il se souvenait aussi de sa honte. Enfin, ses souvenirs s'estompèrent et il s'endormit...

Réveil.

Pendant une seconde, deux peut-être, Brian ne sut pas où il était. Puis il vit le soleil entrant à flots par l'ouverture et entendit le bourdonnement redoutable des moustiques, et il comprit. Il se frotta le visage : il était tout boursouflé par deux jours de piqûres. A son grand étonnement, Brian s'aperçut que son front avait beaucoup désenflé.

Une odeur horrible régnait dans son abri. D'où venait-elle ? Lorsqu'il vit le tas de baies, au fond, il se souvint de la nuit qu'il avait passée et de son indigestion.

« J'en avais trop mangé... J'avais trop mangé de ces baies tord-boyaux ! » dit-il à voix haute.

Il se traîna au-dehors, jusqu'à l'endroit où il avait souillé le sable. A l'aide de bâtons, il le nettoya de son mieux et le recouvrit de sable propre. Enfin, il descendit jusqu'au lac pour se laver les mains et boire une gorgée d'eau.

Il était très tôt le matin, juste après l'aube. L'eau était si calme que Brian y vit son propre reflet. Quelle horreur ! Un visage tailladé, ensanglanté, bouffi. Les cheveux emmêlés. Sur son front, une coupure avait cicatrisé, mais restaient des cheveux collés par le sang. Ses yeux étaient enfoncés dans leur orbite et son visage était tout sale. Il agita l'eau de la main afin de détruire ce miroir.

A cet instant, Brian se laissa presque gagner par le découragement. Il était sale, couvert de blessures. Il avait faim, il avait peur, et il était seul. Il se sentait si malheureux qu'il avait l'impression de se trouver prisonnier dans un trou. Un trou profond, obscur, sans issue.

S'asseyant sur la rive, il donna libre cours à son désespoir et sanglota pendant quelques minutes. Quand il se calma enfin, il retourna au bord de l'eau et but quelques gorgées. L'eau fraîche attisa sa faim, comme la première fois, et il dut se tenir l'estomac jusqu'à ce que les crampes se fassent moins vives.

Il fallait absolument qu'il mange car il se sentait faible.

Dans son abri, il restait le tas de baies qu'il avait rapporté dans son coupe-vent. Des tord-boyaux, comme il les appelait désormais. Il allait en manger quelques-unes. Surtout pas en quantité phénoménale, comme il l'avait fait la veille. Il avait cruellement payé son imprudence durant la nuit. Non, juste ce qu'il fallait pour apaiser un peu sa faim.

Brian se traîna jusqu'à son abri, chassa les insectes posés sur les fruits et choisit les plus mûrs. Ceux dont la peau était d'un rouge foncé. Lorsqu'il en eut une poignée, il retourna au lac et plongea la main dans l'eau pour les laver, tandis que de petits poissons, dérangés, s'éparpillaient de tous côtés. S'il avait eu une canne à pêche ! Enfin, il mangea les baies en prenant soin de recracher les noyaux.

Au terme de ce repas frugal, Brian avait toujours faim. Mais son appétit s'était émoussé, et ses jambes ne lui paraissaient plus aussi faibles.

Il regagna son abri et entreprit de trier les fruits restants, faisant un tas de ceux qui étaient bien mûrs, et un autre des plus verts. Enfin, il recouvrit les deux tas d'herbe qu'il avait ramassée au bord du lac afin de les protéger des insectes et sortit.

Ces baies étaient horribles. De vrais tord-boyaux. Mais, grâce à elles, il avait de quoi se nourrir. S'il avait faim, il pourrait en manger un peu, la nuit prochaine.

Pour le moment, il avait toute la journée devant lui.

Même si quelques nuages couraient dans le ciel, ils ne paraissaient pas menaçants. Une légère brise semblait empêcher les moustiques de voler. Et, puisqu'une espèce particulière de baies poussait là, pourquoi n'y en aurait-il pas une autre ? Plus sucrée peut-être ?

S'il gardait toujours le lac en vue, comme il l'avait fait la veille, tout se passerait bien. Il retrouverait la maison. C'était le mot qui lui était venu à l'esprit pour désigner son abri.

La maison. Il était là depuis trois jours et... Mais cela faisait-il bien trois jours ? Deux ou trois ? Oui, c'était le troisième jour, et voilà qu'il donnait à son abri le nom de maison...

Une maison, cet amas de branchages grossièrement assemblés ? Le mur de végétation ne résisterait peut-être pas aux intempéries, mais il le protégeait du vent. Ce n'était pas grand-chose, mais c'était tout ce qu'il avait.

Son coupe-vent à la main, Brian s'achemina vers les fourrés où il avait trouvé les tord-boyaux, espérant dénicher de meilleurs fruits.

Une fois arrivé, il s'arrêta. Les oiseaux avaient déserté les branches toujours couvertes de baies. Parmi celles qui étaient tout juste rouges la veille, certaines avaient pris une teinte marron foncé, presque noire. Elles avaient donc mûri. Brian se demanda s'il ne devrait pas les cueillir pour les conserver.

Mais il se souvint de la nuit terrible qu'il avait vécue. Et il passa son chemin. Bien sûr, les tord-boyaux permettaient de se nourrir, mais à quel prix ! Il lui fallait trouver mieux.

Une centaine de mètres plus haut, le vent avait ménagé un autre espace dénudé. Des vents violents, sans doute, pour détruire des morceaux entiers de forêt, comme c'était le cas à l'endroit où l'avion s'était écrasé. Ici, les arbres n'étaient pas complètement abattus mais tordus ou cassés à mi-hauteur. Leurs troncs se détachaient sur le ciel comme des dents abîmées. Il y avait là des tonnes de bois mort, bien sec, et Brian regretta une fois encore de ne pas pouvoir faire du feu. Et là, dans cette sorte de clairière bien ensoleillée, il découvrit des arbrisseaux à épines. Couverts de fruits.

Des framboises !

Brian n'eut aucun mal à les identifier : il y avait des framboisiers, dans le parc. Terry et lui aimaient bien picorer quelques framboises, lorsqu'ils s'y rendaient pour faire du vélo.

Des framboises mûres à souhait ! Bien sucrées ! Même s'il n'y en avait pas des quantités, elles étaient faciles à cueillir. Un sourire aux lèvres, Brian se mit à manger. Il mangea, encore et encore. C'était comme s'il n'avait jamais rien mangé d'aussi bon. Et, comme la veille, son estomac fut bientôt plein. Mais, cette fois, il ne mangea pas à s'en rendre malade.

Il poursuivit sa cueillette qu'il garda dans son coupe-vent. Il sentait la chaleur du soleil matinal sur son dos. Maintenant, il était riche. Riche, parce qu'il avait de quoi se nourrir. Soudain, il entendit un bruit et pivota sur ses talons. Et il le vit. L'ours.

Impossible de faire le moindre geste. De réfléchir. Comme paralysé, Brian fixait l'animal. C'était un ours noir au museau clair. Là, à moins de vingt pieds de lui. Très gros. Non, énorme. Brian en avait vu un semblable au zoo. Un ours noir, originaire des Indes, lui semblait-il. Mais celui-là avait l'air féroce, et il était beaucoup plus gros que l'animal du zoo. Et il était là, tout près.

Sa fourrure soyeuse luisant sous le soleil, l'ours se tenait assis sur ses pattes de derrière et l'observait.

Puis il se leva et se mit à marcher lentement vers la gauche tout en mangeant des framboises. Il détachait délicatement les fruits de leur tige avec sa gueule. Quelques secondes après, il avait disparu.

Brian resta cloué sur place.

Enfin, il parvint à pousser un petit cri. Un « ho ! » qui disait toute l'épouvante, tout l'étonnement qu'il éprouvait en découvrant que quelque chose d'aussi gros avait pu s'approcher si près de lui sans qu'il s'en rende compte. L'ours aurait pu l'attaquer, et il aurait été à sa merci.

Soudain, Brian, saisi de panique, se mit à courir, comme un désespéré, dans la direction opposée à celle qu'avait prise l'ours. Droit vers son abri.

Mais au bout d'une cinquantaine de mètres, sa raison reprit le dessus et il ralentit pour finir par s'arrêter.

Si l'ours avait voulu l'attraper, se dit-il, il l'aurait fait. A l'évidence, l'animal voulait manger des framboises et pas un être humain. Il n'avait pas manifesté la moindre agressivité, se contentant de l'observer de loin et de poursuivre sa route en mangeant des framboises. C'était un ours énorme, bien sûr, mais il ne lui voulait pas de mal.

Brian se retourna. L'ours restait invisible. Les oiseaux chantaient à tue-tête. Il n'avait rien à craindre. En ville, la nuit, le danger guette parfois. Il ne faut pas aller dans le parc lorsqu'il fait

TRUONG

sombre. Mais ici, puisque l'ours l'avait observé puis avait passé son chemin, Brian ne risquait rien. Et puis, les framboises étaient si bonnes !

L'ours avait presque fait savoir à Brian qu'il voulait bien partager. Et si le garçon ne retournait pas chercher les framboises, il serait contraint de manger à nouveau les tord-boyaux, ce soir.

Cela suffit à le décider. Il se dirigea lentement vers la clairière et reprit sa cueillette durant toute la matinée. Cependant il restait sur ses gardes et, lorsqu'un écureuil fouilla dans les aiguilles de pins, au pied d'un arbre, il sursauta.

Vers midi — le soleil était presque au zénith — les nuages devinrent menaçants. La pluie ne tarda pas à tomber. Brian mit sa récolte dans son coupe-vent et regagna son abri en courant. Il devait avoir mangé deux livres de framboises et en rapportait trois.

Il avait couru si vite qu'il atteignit son abri avant que la pluie ne tombe à verse. Le sable fut bientôt trempé, et de petits ruisseaux se formèrent, dévalant vers le lac. Mais, à l'intérieur, Brian était au sec. Il commença à vider les framboises sur les tord-boyaux mais remarqua qu'un filet de jus coulait du sac improvisé. Il tendit un doigt. C'était très sucré, un peu piquant, aussi. Délicieux. S'allongeant sur le sable, il tint le sac au-dessus de sa bouche et y laissa couler doucement le jus.

La pluie tombait toujours. Mais Brian se sentait bien. Il était au sec. Il ne souffrait presque plus et avait le ventre plein.

Pour la première fois depuis l'accident, il ne pensait plus uniquement à lui-même ; il se demandait si l'ours avait été aussi étonné que lui de trouver un autre être vivant au milieu des framboisiers.

Lorsque le soir descendit, Brian retourna au bord du lac afin de se laver le visage et les mains, maculés de jus de framboise. Puis il regagna son abri et se prépara pour la nuit.

Même s'il reconnaissait que l'ours ne lui voulait pas de mal, la bête occupait toujours ses pensées. Et, comme l'obscurité gagnait son repaire, Brian détacha sa hachette de sa ceinture et la posa près de sa tête, la main sur le manche. Et il s'endormit.

8

BRIAN CRUT QUE C'ÉTAIT UN GROGNEMENT QUI L'AVAIT RÉVEILLÉ BRUSQUEMENT

en plein milieu de la nuit. Puis il réalisa que c'était le vent qui soufflait dans les pins. Le garçon s'assit et fut assailli par une odeur épouvantable.

Une odeur de pourriture, de moisi. Dilatant ses narines, Brian ouvrit grand les yeux, mais il ne vit rien. L'obscurité était trop dense ; les nuages masquaient la faible lumière des étoiles. Impossible de distinguer quelque chose.

Mais il y avait cette odeur, forte, persistante, qui emplissait l'abri. L'ours ? Dracula ? Un monstre comme dans les films d'horreur ? Le cœur de Brian se mit à battre très fort.

Puis le garçon entendit un frottement. Un bruit de brosse, près de ses pieds. Il se débattit comme il le put, lança sa hachette dans la direction d'où venait le bruit. Mais la hachette manqua son but et alla frapper le rocher avec un jaillissement d'étincelles. Une douleur lui déchira la jambe ; c'était comme si des centaines d'aiguilles le piquaient.

Il poussa un cri. Un hurlement de souffrance et de peur. Puis, haletant, il se glissa sur le derrière au fond de l'abri, cherchant désespérément à voir, à entendre.

A nouveau ce frottement... Brian eut l'impression que le bruit venait vers lui, et, le souffle coupé, il fut pris de panique. Il lui sembla distinguer une forme sombre, trapue, dans l'obscurité. Une ombre qui s'éloigna bientôt, toujours avec un frottement, comme s'il s'était agi d'une brosse. Enfin, il la vit — ou crut la voir — sortir de son abri.

Pendant quelques instants, Brian resta figé, puis il prit une profonde inspiration et retint son souffle, tendant l'oreille pour savoir si l'intrus ne revenait pas à la charge. Lorsqu'il eut la conviction que ce dernier avait renoncé, il tâta son mollet, à l'endroit où la douleur était la plus vive et irradiait vers toute la jambe.

Ses doigts touchèrent avec précaution un amas d'épines qui avaient traversé son pantalon et s'étaient enfoncées dans son mollet. Elles étaient rigides, très pointues. A l'évidence, le visiteur indésirable était un porc-épic, entré par hasard dans l'abri de Brian. Et lorsque celui-ci s'était débattu à coups de pied, l'animal l'avait frappé de sa queue couverte de piquants.

Le garçon toucha délicatement chaque piquant. La douleur lui avait laissé supposer que des dizaines au moins étaient fichés dans sa jambe. En fait, il n'y en avait que huit, et ils épinglaient le tissu de son pantalon à sa peau. Brian s'adossa au rocher. Il ne pouvait laisser ces piquants tels quels : il devait absolument les retirer. Mais le simple fait de les toucher rendait la douleur plus vive.

Saisissant l'un des piquants, il retint sa respiration et tira brusquement. La douleur affluait par vagues légères dans son esprit mais, sans se décourager, il en attrapa un autre, tira, puis un autre encore. Certains, enfoncés plus profondément, se cassèrent lorsqu'il chercha à les extirper. Lorsqu'il en eut retiré quatre, il s'arrêta quelques instants.

Il respira à fond et se remit à l'œuvre. Tirer.

Souffler. Tirer. Il lui fallut renouveler l'opération quatre fois avant de pouvoir enfin s'allonger.

Maintenant, la douleur gagnait la jambe tout entière. Et avec elle resurgit le découragement. Avec cette jambe douloureuse, les moustiques qui revenaient à la charge, Brian se remit à pleurer. C'en était trop.

« Je ne peux pas continuer comme ça... se dit-il. Etre là, seul, sans feu, dans le noir. La prochaine fois, ce sera pire, peut-être un ours... Alors, il ne s'agira plus de simples piquants ! »

Il posa sa tête sur ses genoux, et, tandis que l'engourdissement gagnait sa jambe gauche, il pleura. Plus tard, lorsqu'il se souvint de ce terrible moment, il se rendit compte qu'il avait découvert, ce jour-là, la règle de survie fondamentale. S'apitoyer sur son sort ne sert à rien.

Pendant qu'il était resté assis dans le noir à pleurer, rien n'avait changé. Sa jambe le faisait toujours souffrir, c'était toujours la nuit, il était toujours seul.

Brian finit par se rendormir. Mais son état d'esprit avait changé, et il dormit d'un sommeil léger, réparateur. A deux reprises, il fut réveillé par de légers bruits. La lumière du jour et les moustiques le tirèrent de son dernier somme. Il venait de rêver. Mais cette fois, ce n'était pas de sa mère qu'il avait rêvé, ni du secret, mais d'abord de son père, puis de son ami Terry.

Au début de son rêve, son père était dans un salon et le regardait. Et, à son expression, on devinait qu'il voulait lui dire quelque chose. Ses lèvres remuèrent, mais il n'en sortit pas le moindre son. Il fit un geste de la main à Brian, mima l'action d'écraser quelque chose puis essaya de prononcer un mot. Ses lèvres s'ouvrirent comme s'il voulait dire : « mmmmmmm », mais aucun son ne sortit. « Mmmmmm — maaaan ». Brian ne parvenait pas à entendre ce mot, alors qu'il le désirait de tout son cœur. C'était si important de comprendre son père, de savoir ce qu'il disait. Voyant que Brian ne le comprenait pas, son père eut l'air contrarié. Puis il disparut. Il se dissipa dans une sorte de brouillard, et le rêve s'acheva.

L'image de Terry surgit aussitôt.

Lui ne faisait pas de signes à Brian. Il était assis sur un banc, dans le parc, les yeux fixés sur un trou ayant servi à faire des grillades. Pendant un moment, il ne se passa rien. Puis Terry se leva et jeta dans le foyer du charbon de bois qu'il tira d'un sac, versa un liquide pour allumer le feu.

Enfin, il prit une allumette et enflamma le tout. Lorsque le charbon de bois eut pris et commença à rougir, Terry se retourna, découvrant la présence de Brian. Alors il sourit, désignant le feu du doigt comme pour dire : « Regarde, c'est un feu ! »

Mais cela ne signifiait rien pour Brian. Il vit un sac à provisions, sur une table, près de Terry. Peut-être contenait-il des hot dogs, des chips et de la moutarde ? Impossible de penser à autre chose qu'à la nourriture, pour Brian. Mais Terry secoua la tête et désigna à nouveau le feu. Il renouvela son geste à deux reprises, montrant les flammes à son camarade. Celui-ci sentait la colère monter en lui. Très bien ! Parfait ! Je le vois ton feu, et alors ? Je n'en ai pas, moi ! Je sais bien que j'en aurais besoin...

Je le sais parfaitement.

Brian ouvrit les yeux. Il y avait de la lumière dans son repaire. La lumière grise du matin. Il s'essuya la bouche et tenta de remuer sa jambe, raide comme du bois. Puis il mangea quelques framboises : elles s'étaient un peu abîmées, devenant plus molles et sans consistance, mais elles étaient toujours très sucrées. Avec sa langue, il écrasa les fruits contre son palais, et avala le jus sucré qui coulait dans sa gorge. Soudain, un éclair de métal frappa son regard, et il découvrit sa hachette dans le sable, là où elle était tombée quand il l'avait lancée vers le porc-épic.

Il se leva brusquement, grimaçant de douleur quand il plia sa jambe raide, et se traîna jusqu'à sa hachette qu'il ramassa. Elle était un peu abîmée sur le tranchant. L'entaille n'était pas très grande, mais cette hachette n'avait pas de prix aux yeux de Brian. Elle constituait son seul et unique outil, et il regretta de ne pas en avoir pris davantage soin. Il devrait plutôt la garder à la main et se fabriquer une autre arme quelconque pour l'aider à repousser un éventuel agresseur. Un long bâton, une sorte de lance. Ainsi, il conserverait sa hachette en bon état. Et, tandis qu'il tenait l'objet à la main, il repensa vaguement à ce rêve qu'il avait fait, avec comme acteurs son père et Terry.

Il sortit à quatre pattes de son abri puis se mit debout, fit jouer les muscles de son dos et détendit sa jambe endolorie. Il tenait toujours sa hachette à la main, et, alors qu'il s'étirait et la levait au-dessus de sa tête, les premiers rayons de soleil jouèrent sur le métal qui jeta un éclair doré. Comme du feu.

« J'ai trouvé ! se dit Brian. Voilà ce qu'ils essayaient de me dire ! »

Du feu... La hachette était le seul moyen d'en obtenir. Lorsqu'il l'avait lancée contre le porc-épic et l'avait raté, elle avait heurté la roche et produit des étincelles. Une pluie d'étincelles dorées.

C'était la clé de sa survie !

Brian retourna à son abri et examina le mur de pierre. C'était un genre de granit renfermant du calcaire, ou du grès, mais incrusté de gros morceaux d'une roche sombre, plus dure et plus noire que l'ensemble. Le garçon y découvrit vite l'impact de sa hachette. La lame avait fait une encoche dans la surface de l'une des couches de pierre plus foncée. Tournant la hachette de façon à frapper la roche avec la partie plane, il donna un léger coup sur le rocher. Un coup trop léger : il ne se passa rien. Il frappa plus fort, un peu de biais. Deux ou trois petites étincelles surgirent et s'éteignirent aussitôt.

Il recommença plus fort encore, tenant la hachette de façon qu'elle frappe un coup plus long, plus glissant, et la roche noire explosa en une gerbe de feu. Des étincelles volèrent en si grand nombre que plusieurs d'entre elles atteignirent même le sable, au pied du rocher. Un sourire aux lèvres, Brian répéta l'opération plusieurs fois.

« Je peux faire du feu grâce à ma hachette ! » lança-t-il à haute voix, en frappant la roche à grands coups.

9

IL ÉTAIT LONG LE CHEMIN QUI MENAIT DES ÉTINCELLES AU FEU.

A l'évidence, il fallait trouver quelque chose que les étincelles enflammeraient. Une sorte de mèche ou d'allume-feu. Il alla ramasser un peu d'herbe sèche, capta quelques étincelles avec, et les regarda mourir. Il recommença l'opération avec des brindilles qu'il brisa en morceaux, mais ce fut pire qu'avec l'herbe. Puis il essaya un mélange des deux.

En vain. Il n'eut aucun mal à obtenir des étincelles, mais les minuscules morceaux de roche chaude ou de métal — il ne savait pas au juste de quoi il s'agissait — s'éteignirent aussitôt en grésillant. Excédé, Brian s'accroupit devant le pitoyable petit tas d'herbe et de brindilles. Il lui fallait quelque chose de plus fin, moelleux et fin, pour capter les étincelles.

Des bouts de papier, voilà qui serait bien ! Mais il n'avait pas de papier.

« Dire que je suis si prêt du but..., fit-il à voix haute. Si près... »

Il remit la hachette à sa ceinture et quitta son abri en boitant sur sa jambe douloureuse. Il fallait trouver quelque chose. L'homme avait fait du feu pendant des milliers, des millions d'années. Il devait y avoir un moyen.

Brian fouilla ses poches et trouva le billet de vingt dollars, dans son portefeuille. Du papier. Du papier sans valeur, ici. Mais il pouvait servir à faire prendre un feu...

Il déchira le billet en petits morceaux, en fit un tas, et frappa la roche de façon que les étincelles l'atteignent. Rien. Impossible de l'enflammer.

A vingt pas sur la droite s'élevait un bouquet de bouleaux. Brian les regarda pendant quelques secondes avant que son esprit n'enregistre leur présence. Ils étaient d'un beau blanc, avec une écorce ressemblant à du papier propre, légèrement moucheté.

Du papier...

Brian se dirigea vers les arbres. Là où l'écorce se détachait du tronc, elle se soulevait en minuscules vrilles, presque des peluches. Il tira sur quelques-unes d'entre elles et les roula entre ses doigts. Elles devaient être inflammables car très sèches et presque poudreuses. Il renouvela l'opération, gardant sa récolte dans une main tandis qu'il se servait de l'autre pour la cueillette. Quand il eut une boule d'écorce de la taille d'une balle de base-ball, il s'arrêta.

Puis il retourna à son abri et disposa la balle d'écorce à la base du rocher noir, y ajoutant les restes du billet de vingt dollars. Il frappa la roche, et une cascade d'étincelles tomba sur l'écorce pour mourir aussitôt. Mais cette fois, une étincelle atteignit un minuscule filament d'écorce sèche qui rougeoya un instant puis mourut.

Il fallait un matériau plus fin pour former une sorte de nid. Ainsi, les étincelles l'enflammeraient.

« Je vais faire un abri pour les protéger... »

Brian commença à déchirer l'écorce, tout d'abord avec ses ongles, et, quand il s'aperçut que cela ne marchait pas, il se servit de sa hachette pour couper l'écorce en lamelles d'une telle finesse qu'elles paraissaient à peine réelles. Du travail soigné, du travail de longue haleine qui lui prit plus de deux heures.

A deux reprises, il s'arrêta pour manger une poignée de framboises, et une fois pour aller se désaltérer au lac. Il travailla jusqu'à ce qu'il obtienne une boule de peluche de la grosseur d'un pamplemousse. De la peluche bien sèche d'écorce de bouleau.

Il disposa son « nid à feu » — c'était le nom qu'il lui avait donné — à la base du rocher, creusa un petit trou au milieu et, du plat de sa hachette, donna un coup contre le rocher noir. Une pluie d'étincelles en jaillit. La plupart n'atteignirent pas le nid, mais quelques-unes tombèrent dans le creux. Parmi celles-ci, six ou sept trouvèrent du combustible et grandirent jusqu'à donner à l'écorce une lueur rouge.

Puis elles moururent.

Près du but... Il était près du but.

Il remit de l'ordre dans le nid, fit un nouveau trou, plus petit, et frappa le rocher.

Des étincelles. Davantage que la première fois. Un léger rougoiement, puis plus rien.

« C'est ma faute, pensa Brian. Je fais certainement quelque chose de travers. Mais quoi ? Je l'ignore. Un homme des cavernes aurait déjà réussi à obtenir du feu, à ma place. Mais moi, je ne sais pas comment m'y prendre. »

Peut-être n'y avait-il pas suffisamment d'étincelles ? Brian arrangea le nid et frappa le rocher d'une série de coups rapides. Les étincelles jaillirent comme une cascade d'or. Au début, elles parurent prendre, puis elles s'éteignirent toutes.

Brian s'adossa au mur de feuillage.

« Ces étincelles sont comme moi... Elles manquent de nourriture. Je serais capable de tuer pour une boîte d'allumettes, pensa-t-il tout à coup. Pour une boîte seulement. Pour une allumette. Oui, je pourrais tuer quelqu'un. »

Qu'est-ce qui fait du feu ?

Brian songea à l'école. A ses cours de science. Avait-il jamais appris ce qui faisait du feu ? Un de ses professeurs avait-il dit, du haut de son estrade : « Voilà ce qui fait du feu... » ?

Le garçon secoua la tête, essayant de rassembler ses pensées.

Voyons, de quoi avait-il besoin ? D'un combustible, bien sûr. Il l'avait. L'écorce de bouleau en était un. D'oxygène. L'air en contenait. Mais bien sûr ! Il lui fallait ajouter de l'air. Souffler !

Il arrangea à nouveau le nid, leva la hache derrière son épaule, banda ses muscles et donna quatre coups rapides. Des étincelles jaillirent et, lorsqu'elles retombèrent, il se précipita pour souffler dessus.

Il avait soufflé trop fort. Il y eut un rougeoiement intense, puis plus rien. Il les avait éteintes.

Une autre série de coups. Des étincelles en plus grand nombre encore. Brian s'avança et souffla, de façon plus modérée cette fois, en visant le point le plus lumineux.

Sous son souffle, les étincelles devinrent plus brillantes. Le rougoiement passa des étincelles elles-mêmes à un bout d'écorce qui remua, atteignit d'autres lamelles. L'ensemble finit par former une pelote incandescente.

Lorsque, hors d'haleine, Brian cessa de souffler un instant, la boule rouge s'enflamma tout à coup.

« Du feu ! hurla-t-il. J'ai fait du feu ! J'ai réussi ! »

Mais les flammes étaient épaisses et brûlaient vite, consumant la boule d'écorce aussi rapidement que s'il s'était agi d'essence. Brian devait absolument alimenter son feu afin de le faire durer.

Sans perdre de temps, il posa dessus l'herbe sèche et les morceaux de bois dont il s'était servi lors de sa première tentative. Ses efforts furent couronnés de succès !

Mais ce combustible serait vite épuisé. Il fallait en trouver d'autre. Car il ne pouvait pas laisser les flammes s'éteindre.

Il sortit de l'abri en courant, se précipita vers les pins et se mit à casser les petites branches basses de bois mort. Puis il les rapporta à la hâte, retourna en chercher d'autres et revint près du feu pour nourrir les flammes voraces. Lorsque le petit bois eut bien pris, il alla chercher des morceaux plus importants. Il agit ainsi jusqu'à ce que le feu flambe. Puis il s'adossa au montant de bois de l'ouverture de son abri et sourit.

« J'ai un ami, désormais... Un ami qui s'appelle le feu. Salut, feu ! »

Un trou, dans le mur rocheux, constituait un passage idéal pour la fumée.

S'il parvenait à conserver ce feu, Brian serait en sécurité. Des bêtes comme le porc-épic n'oseraient plus approcher.

Il avait un ami, mais aussi un gardien.

Brian regarda autour de lui et regretta de ne pas avoir quelqu'un à qui montrer ce qu'il avait fait. Mais il n'y avait personne.

Seulement des arbres, le soleil, la brise et le lac.

Alors il se prit à rêvasser, tandis que des volutes de fumée s'élevaient au-dessus de sa tête.

« Je me demande ce que mon père fait en ce moment.

Je me demande ce que ma mère fait en ce moment.

Je me demande s'ils sont ensemble... »

10

IMPOSSIBLE DE QUITTER CE FEU SI PRÉCIEUX...

Les flammes jaunes et rouges qui brillaient dans l'obscurité de l'abri, le craquement du bois mort lui apportaient un tel réconfort que Brian ne pouvait se résoudre à s'en éloigner.

Vite, il alla chercher autant de branches mortes qu'il put en couper, et, lorsqu'il en eut un gros tas, il s'assit près du foyer, bien que ce fût le milieu de l'après-midi. Cassant le bois en petits morceaux, il ne cessa d'alimenter son feu.

« Je ne te laisserai pas mourir ! »

Et il resta ainsi une grande partie de la journée, à veiller à ce que les flammes soient toujours aussi vives, à puiser dans sa réserve de framboises pour se nourrir, ne quittant le feu que pour se précipiter vers le lac afin d'y boire une gorgée d'eau, quand la soif se faisait trop sentir. Quand le soleil descendit, Brian avait le visage noir de fumée, la peau rougie par la chaleur.

Il songea qu'il lui faudrait une grande quantité de bois pour la nuit. Comme il lui serait impossible d'en trouver dans l'obscurité, il devait donc se le procurer avant le crépuscule.

Il s'assura que son feu était bien nourri et quitta son abri. En haut de la colline, le même ouragan qui lui avait ménagé un endroit pour poser l'avion — au fait, y avait-il trois ou quatre jours de cela, ou davantage ? — avait abattu trois énormes pins. Ils étaient morts, bien secs, et constituaient une réserve de bois pour plusieurs jours. Brian cassa des branches, les transporta à son campement, les entassa jusqu'à obtenir une pile aussi haute que lui et large de presque deux mètres. Chaque fois qu'il revenait dans son abri, il jetait de petits morceaux de bois dans le feu afin de l'entretenir. A la faveur de l'une de ses nombreuses allées et venues, il découvrit un avantage supplémentaire que lui procurait le feu. Lorsqu'il coupait de petites branches, sous

les arbres, les moustiques le harcelaient, comme d'habitude. Mais lorsqu'il parvenait près du feu, ou même près de son abri, à l'endroit où la fumée s'échappait, les insectes disparaissaient.

C'était une découverte merveilleuse. Les moustiques l'avaient presque rendu fou et, à la pensée d'en être libéré, il se sentait vraiment soulagé. Au cours d'un autre voyage, il se retourna et vit la fumée qui montait à travers les arbres. Pour la première fois, il réalisa qu'il avait maintenant le moyen de faire des signaux. Il pouvait prendre un tison et faire un feu au-dessus du rocher pour signaler sa présence.

Cela signifiait qu'il lui fallait encore plus de bois. Toujours plus. Aussi passa-t-il la fin de la journée à transporter du bois dans la semi-obscurité.

Lorsque la nuit fut venue, il s'installa dans son abri, près du foyer, sa réserve de petit bois à portée de main. Il mangea le reste de framboises. Avec le travail, sa jambe s'était détendue mais elle le faisait toujours souffrir ; il la massa tout en regardant le feu et, pour la première fois depuis l'accident, il fit des projets.

Il ne devait plus rester inactif.

Il n'avait plus rien à manger : demain, il s'en

occuperait. Demain, il allumerait un feu pour signaler sa présence. Demain, il ramasserait encore du bois...

Le feu dissipa le froid de la nuit et entraîna Brian dans le sommeil tandis qu'il songeait au lendemain.

Il dormit profondément et ne sut pas ce qui l'avait réveillé, mais ses yeux s'ouvrirent brusquement et il scruta l'obscurité. Le bois s'était consumé et le feu semblait éteint mais, en fouillant parmi les braises avec un bâton, Brian trouva un tison qui rougeoyait encore.

A l'aide de petits bois, et en soufflant dessus avec précaution, il ranimerait la flamme.

Il avait sauvé son feu de justesse...

Il devait apprendre à dormir par courts intervalles de façon à alimenter régulièrement le feu. Comment trouver le moyen de régler son sommeil ? Il n'eut pas la réponse et s'assoupit bientôt à nouveau. Soudain, un bruit, dehors...

Rien à voir avec le bruit qu'avait fait le porc-épic. C'était quelque chose qui glissait, comme tiré sur le sable. Mais, lorsque Brian regarda par l'ouverture de son abri, il faisait si noir qu'il ne vit rien.

Le bruit cessa au bout de quelques instants. Brian pensa avoir entendu quelque chose qui pataugeait dans l'eau, près du bord.

Mais il avait le feu, maintenant, pour se protéger. Et beaucoup de bois. Aussi ne s'inquiéta-t-il pas autant que la nuit précédente.

Il s'assoupit, se réveilla à l'aube et alimenta le feu avant de sortir se dégourdir les membres. Regardant dans la direction du lac, il vit des traces dans le sable. Etranges. Une ligne centrale avec des marques de griffes de part et d'autre. Elles allaient du lac à un petit tas de sable, puis revenaient vers l'eau.

Brian se précipita pour les examiner.

L'animal qui les avait laissées possédait une sorte de plaque osseuse qui avait creusé le sable, et des pattes de chaque côté.

A l'évidence, un animal aquatique qui était venu sur le sable pour... Pour faire quoi ? Jouer ? Faire des pâtés de sable ?

Brian sourit. Voilà bien une idée d'enfant de la ville ! Pourquoi un animal sortirait-il de l'eau pour jouer dans le sable ? Non, c'était impossible ! Les animaux n'agissent pas de cette façon. Ils ne gaspillent pas leur temps ainsi.

La bête était sortie de l'eau pour une raison,

une bonne raison, et Brian devait essayer de la découvrir. Une chose était certaine : le petit tas de sable y jouait un rôle.

Il en effleura le sommet de la main mais ne trouva rien. Avec précaution, il se mit à gratter et à creuser jusqu'à une dizaine de centimètres environ et découvrit tout à coup une sorte de petite cavité, dans le sable humide et chaud. Là, il y avait des œufs. Beaucoup. Presque parfaitement ronds, de la taille d'une balle de tennis.

Alors, Brian éclata de rire. Il avait résolu l'énigme !

Une tortue ! Il avait vu à la télévision une émission sur les tortues de mer qui venaient à terre pour pondre ; elles creusaient un trou et y déposaient leurs œufs. Les tortues d'eau douce devaient agir de même. Et si c'était une tortue alligator ? Une espèce qui pouvait atteindre une taille colossale. Une tortue alligator serait donc venue la nuit dernière pour pondre ?

Des œufs, donc, de la nourriture...

Brian avait là, devant lui, de quoi manger. Son estomac le tourmentait, gargouillait tandis qu'il regardait les œufs. Sa faim, toujours présente, il l'avait en quelque sorte maîtrisée tant qu'il n'y avait rien à manger. Mais devant ces œufs, elle devenait insupportable.

Il tendit la main vers le nid et en extirpa les œufs l'un après l'autre. Dix-sept, au total. Chacun aussi rond qu'une balle, blanc. Leur coquille était faite d'une matière très résistante ressemblant à du cuir.

Lorsque Brian les eut tous entassés en pyramide, il réalisa tout à coup qu'il ignorait comment il fallait les manger.

Il avait bien du feu, mais rien pour faire cuire les œufs. Et l'idée d'avaler un œuf cru lui répugnait. Carter, un de ses oncles, cassait un œuf dans un verre de lait, tous les matins, et le buvait. Brian l'avait vu faire une fois, une fois seulement. Il en avait été écœuré à jamais.

Mais comme son estomac criait de plus en plus famine, il oublia ses réticences. Des gens mangent bien des sauterelles et des fourmis, alors pourquoi lui, Brian, ne pourrait-il pas avaler un œuf cru ?

Il en prit un et essaya de le casser. Il résista. A la fin, utilisant sa hachette, il affûta un bout de bois et fit un trou dans la coquille. Puis il élargit le trou du doigt et regarda à l'intérieur. C'était bien un œuf, avec un jaune foncé et pas autant de blanc qu'il l'aurait supposé.

Un œuf.

De la nourriture.

Un œuf que Brian devait manger.

Cru.

Il regarda le lac et approcha l'œuf de sa bouche. Puis il ferma les yeux, pressa l'œuf en même temps qu'il aspirait, et l'avala aussi vite qu'il le put.

« Pouah... »

Cela avait un goût de gras, presque un goût d'huile, mais c'était tout de même un œuf. La gorge de Brian essaya de le rejeter, tout son corps se convulsa, mais son estomac le reçut, le garda et en redemanda.

Le deuxième œuf fut plus simple à avaler, et le troisième ne présenta plus la moindre difficulté. Il glissa sans aucun mal. Brian en mangea six. Il n'était toujours pas rassasié, mais quelque chose lui disait d'arrêter et de garder les autres pour plus tard.

Il avait une faim incroyable que les œufs avaient ranimée. Après avoir gobé le sixième œuf, Brian ouvrit la coquille et lécha l'intérieur avec soin. Il se demanda même s'il n'allait pas manger les coquilles. Elles contenaient peut-être des éléments nutritifs. Mais lorsqu'il essaya, il s'aperçut qu'elles étaient trop dures à mâcher, trop caoutchouteuses.

Il s'éloigna des œufs. Il fallait qu'il s'en éloigne, qu'il ne les voie plus. Sinon, il en mangerait encore.

Il décida de les emporter dans son abri et d'en manger seulement un par jour.

Tout en réfléchissant, Brian s'aperçut qu'il avait oublié qu'ils allaient arriver. Les sauveteurs.

Bien sûr, ils arriveraient avant qu'il ait gobé tous les œufs de tortue, à raison d'un par jour.

Il avait oublié de penser à eux, et ce n'était pas bien. S'il oubliait de penser à eux, eux aussi pourraient oublier de penser à lui.

Et il devait continuer à espérer.

11

BRIAN TRANSPORTA TOUS LES ŒUFS DANS SON REFUGE

et les enterra près de l'endroit où il dormait. Il lui fallut toute sa volonté pour s'empêcher d'en manger un autre pendant le trajet, mais quand ils eurent disparu de sa vue, ce fut plus facile. Il ajouta du bois sur le feu et nettoya son abri.

Nettoyer son abri, la bonne blague ! L'opération se borna à secouer son coupe-vent et à le suspendre au soleil pour sécher le jus qui avait coulé dessus, et égaliser le sable à l'endroit où il dormait.

Mais c'était bon pour le moral. La pensée que peut-être on ne le trouverait pas le déprimait et, lorsqu'il était occupé, il avait l'impression de reprendre courage.

Quand il eut mis de l'ordre dans son abri, il refit provision de bois. Il avait décidé d'en avoir toujours à portée de la main pour trois jours au moins, et, après une nuit passée à alimenter le feu, il savait quelle quantité énorme cela demandait. Il travailla toute la matinée : il coupa des branches mortes accessibles, les cassa en petits morceaux ou les fendit avec sa hachette et les stocka dans son refuge. Il ne s'arrêta qu'une seule fois, pour aller boire au lac. Dans son reflet, il vit que son front n'était presque plus enflé. Sa jambe était également redevenue normale, même s'il restait encore quelques traces à l'endroit où s'étaient enfoncés les piquants. Il découvrit aussi que son corps était en train de changer d'aspect.

Brian n'avait jamais été gros, mais il avait un petit excès de poids, un peu de graisse au-dessus de la ceinture.

Ce léger embonpoint avait disparu, son estomac s'était creusé, et le soleil avait brûlé sa peau : maintenant, elle était hâlée. Et, à cause de la fumée, son visage commençait à ressembler à du cuir. Mais, peut-être plus que son corps, c'était son esprit qui avait changé.

« Je ne suis plus le même, pensa Brian. Je vois, j'entends différemment. »

Il ne savait pas quand le changement avait commencé, mais celui-ci était évident. Maintenant, quand un bruit lui parvenait, il ne se contentait pas de l'entendre, il voulait l'identifier, en découvrir l'origine. Une brindille qui se casse, un souffle d'air...

Son ouïe s'était aiguisée au point qu'il savait désormais ce qu'était ce bruit avant même d'avoir réalisé qu'il l'avait entendu. De même, lorsqu'il voyait quelque chose, un oiseau bougeant une aile dans un buisson ou une ride sur l'eau, il les voyait vraiment, ne se contentant pas de les remarquer comme il le faisait en ville. Il voyait l'aile tout entière, les plumes, leur couleur, le buisson, la taille et la couleur de ses feuilles. Il voyait la façon dont la lumière se déplaçait sur l'eau, voyait comment le vent formait des rides à la surface et devinait alors d'où il soufflait et de quelle façon.

Quand Brian en eut terminé avec le bois, il décida de se consacrer à son feu-signal. Il grimpa sur le rocher qui surplombait son abri. Cette surface plane, assez importante, ferait l'affaire.

Encore du bois, grogna-t-il en lui-même. Il

retourna près des arbres abattus et y ramassa de petites branches mortes qu'il transporta sur le rocher jusqu'à ce qu'il en ait assez pour allumer un feu. Au début, il avait pensé faire un feu-signal tous les jours, mais il s'aperçut que c'était impossible. Il ne parviendrait jamais à réunir le bois nécessaire. Aussi, tout en travaillant, décida-t-il d'avoir toujours son feu prêt et, s'il entendait un avion, il grimperait vite avec un tison et l'allumerait.

Après son dernier voyage, il s'assit sur la plate-forme de pierre. Le lac s'étendait devant lui et, vu d'en haut, il avait un tout autre aspect. L'accident lui revint en mémoire, provoquant en lui une frayeur subite. Mais elle se dissipa bientôt, et Brian s'absorba dans la contemplation de ce paysage sublime.

Il était si beau qu'il semblait presque irréel. De son perchoir, Brian voyait non seulement le lac mais une partie de la forêt, formant à ses pieds un immense tapis vert. Partout, la vie se manifestait. Des oiseaux, des insectes, qui bourdonnaient, chantaient. Sur l'autre rive, un autre rocher imposant surplombait l'eau, portant à son sommet un pin rabougri qui s'était débrouillé pour trouver un peu de terre et avait poussé, tout courbé et noueux. Sur l'une de ses branches se tenait un oiseau bleu avec une crête et un bec pointu : un martin-pêcheur. Brian le reconnut en songeant à une photo qu'il avait vue. L'oiseau s'envola et plongea dans le lac pour en ressortir une seconde plus tard. Dans son bec, il tenait un petit poisson d'argent qui se tortillait au soleil. L'oiseau emporta sa prise sur une branche, jongla avec à deux reprises et l'avala.

Un poisson.

Bien sûr, pensa Brian. Il y avait du poisson dans le lac, et le poisson constituait de la nourriture. Et si un oiseau pouvait le faire...

Il descendit le long du rocher et se précipita vers le lac. Il n'avait jamais pensé à regarder sous l'eau et non plus à la surface. Quittant ses chaussures, il avança sur quelques mètres puis se retourna, resta immobile, le soleil dans le dos, et examina le fond.

Elle grouillait de vie. De petits poissons nageaient en tout sens ; il y en avait des longs et étroits, des ronds ; la plupart mesuraient à peine une dizaine de centimètres. Dans une épaisse couche de vase, Brian découvrit de vieilles coquilles de mollusques. Tandis qu'il observait l'eau, une écrevisse ressemblant à un minuscule homard quitta l'une des coquilles vides pour aller vers une autre, à la recherche de quelque chose à manger, en creusant le sable avec ses pattes.

Quelques petits poissons vaguement ronds s'approchèrent des jambes de Brian. Il banda ses muscles et plongea la mains d'un geste vif pour les attraper. Ils s'égaillèrent en une myriade d'éclats lumineux, si vite que le garçon n'eut pas le moindre espoir de les capturer. Ils revinrent aussitôt, comme si la présence de Brian les intriguait. Tout en regagnant la rive, celui-ci cherchait le moyen de profiter de leur curiosité pour les pêcher.

Il n'avait ni hameçon ni fil, mais il pouvait essayer de les attirer dans les eaux peu profondes et fabriquer un harpon. Alors, il frapperait d'un coup sec.

Il lui fallait trouver le bois adéquat, mince et bien droit. Plus haut, le long du lac, il avait vu des saules, qui pourraient faire l'affaire. Il se servirait de sa hachette pour les affûter et les façonner, ce soir, près du feu. Cela lui fit penser qu'il devait l'alimenter. Il regarda le soleil et vit que l'après-midi touchait à sa fin. En se demandant quelle heure il pouvait être, il songea qu'il avait bien mérité un autre œuf. Et pourquoi pas un petit dessert ?

A cette pensée, il sourit.

S'il remontait le long du lac pour chercher des framboises après avoir alimenté son feu, il trouverait peut-être aussi le bois idéal pour fabriquer son harpon.

12

LE HARPON NE FONCTIONNAIT PAS.

Brian entra dans les eaux peu profondes et attendit patiemment. Les petits poissons arrivèrent et se groupèrent près de lui. Il lança son harpon, recommençant l'opération des dizaines de fois. En vain. Sans doute le lançait-il trop lentement, aussi essaya-t-il de le jeter plus vite, d'un coup sec, mais il n'obtint pas davantage de succès. Les poissons étaient plus rapides.

La veille pourtant, il avait eu la certitude que son idée était bonne. Assis près du feu, il avait pris une branchette de saule, lui avait ôté son écorce avec soin jusqu'à obtenir un rameau bien droit d'environ un mètre cinquante de long, de moins de trois centimètres d'épaisseur.

Ensuite, à l'aide de sa hachette, il avait affûté le plus gros des deux bouts jusqu'à ce qu'il devienne aussi fin que la pointe d'une aiguille. Tout doucement, avec soin. Puis il fendit cette pointe et y introduisit avec délicatesse un morceau de bois afin d'obtenir un harpon à deux fourches. Ce serait sans doute plus efficace qu'un harpon à une seule pointe.

Brian avait tant travaillé à ce harpon qu'il n'était plus un simple instrument, à ses yeux. Il avait passé des heures et des heures à le peaufiner, et voilà qu'il ne fonctionnait pas.

Il fit quelques pas dans l'eau, s'arrêta, et les poissons s'approchèrent. A nouveau, ils se montrèrent plus rapides que lui, quel que soit le procédé employé. A peine remontait-il le bras en arrière, afin de lancer le harpon, que ce geste les effrayait. Il tenta ensuite de le jeter à la verticale devant lui, de toutes ses forces, sans plus de succès. Finalement, il le plongea carrément dans l'eau et attendit que les poissons se placent bien au-dessous. Mais là encore, il devait faire un geste qui ne leur échappait pas et les mettait en fuite.

Il lui fallait trouver le moyen de lancer le harpon à une vitesse plus rapide que celle des poissons. Une force motrice, en quelque sorte. Un fil qui casserait, ou un arc. Un arc et une flèche, voilà ce dont il avait besoin ! Une longue flèche bien fine avec la pointe dans l'eau et l'arc tendu de telle sorte que tout ce qu'il aurait à faire, ce serait de libérer la flèche. Oui. Voilà ce qu'il lui fallait.

Il lui fallait « inventer » l'arc et la flèche.

Cette pensée le fit sourire, tandis qu'il sortait de l'eau et remettait ses chaussures. Maintenant, le soleil du matin était chaud ; Brian quitta sa chemise. Cela s'était peut-être passé ainsi, il y a bien longtemps, quand quelque homme primitif avait essayé d'attraper un poisson, sans succès. Alors, il avait « inventé » l'arc et la flèche. Peut-être les découvertes survenaient-elles toujours de cette façon.

Brian n'avait encore rien mangé, ce matin, alors il s'accorda un moment pour déterrer les œufs et en gober un. Puis il les recouvrit de sable, alimenta son feu avec deux gros morceaux de bois. Accrochant la hachette à sa ceinture, il prit le harpon et descendit vers le lac pour y chercher une tige qui ferait un arc. Il n'avait pas enfilé sa chemise, mais comme sa peau était imprégnée de l'odeur de fumée, les moustiques ne l'importunèrent pas. Il atteignit l'endroit où poussaient les framboises. Elles commençaient à être trop mûres. Brian se promit d'en cueillir le plus possible quand il aurait trouvé la tige de bois qu'il cherchait. Mais la tentation fut trop forte : il s'accorda tout de suite un petit moment pour en ramasser quelques-unes et les manger. Bientôt ses mains et ses joues furent couvertes de jus rouge et il n'eut plus faim. A sa grande surprise, il constata qu'il était repu.

Il n'aurait jamais pensé pouvoir l'être. Au début, il mourait de faim, et voilà qu'il était repu ! Un œuf de tortue, quelques poignées de framboises, et il ne pouvait plus rien avaler.

Il descendit vers le lac, tenant le harpon devant lui afin d'écarter les buissons et se frayer un passage. Lorsqu'il parvint au bord de l'eau, il obliqua vers la gauche. Quelle sorte de bois fallait-il pour fabriquer un arc ? Il l'ignorait, n'ayant jamais tiré à l'arc. Mais il avait l'intuition que la tige de bois adéquate poussait le long de l'eau.

Jeune bouleau ? Flexible, mais cassant facilement. Donc, inutilisable. Saule ? Pas assez élastique.

Il avait longé la moitié du lac quand, à ses pieds, il y eut un choc. Une boule de plumes s'envola à grand bruit, soulevant un nuage de feuilles. Brian fut si surpris et effrayé qu'il tomba.

Ce devait être un oiseau, se dit-il. A peu près de la taille d'un poisson, mais trapu. Il l'avait percuté violemment.

Le garçon se releva et se brossa. L'oiseau ne devait pas être en forme, maintenant, vu que Brian avait quasiment porté le pied sur lui avant qu'il ne s'envole. Une seconde de plus, et il l'écrasait.

Alors, il l'aurait mangé...

Il devait essayer d'en attraper un, ou de le transpercer d'un coup de lance. Peut-être cet oiseau avait-il le goût du poulet ? se dit Brian. Le même goût que le poulet que sa mère cuisait au four, avec de l'ail et du sel. Alors, il devenait doré et craquant...

Le garçon secoua la tête pour chasser cette image et continua sa route. Un peu plus loin, un arbre dressait ses longues branches droites. Et, lorsqu'il en tira une et la relâcha, elle eut un mouvement de ressort très rapide. Exactement ce qu'il lui fallait. Brian se mit à donner de petits coups de hachette à la jonction de la branche et du tronc.

Le bois était dur et il ne fallait pas qu'il se fende ; le garçon prit son temps. Il enleva d'abord de petits éclats et se concentra tant que, tout d'abord, il n'entendit rien.

Il n'entendit pas cette plainte persistante, comme un bourdonnement d'insectes, un peu plus soutenu seulement, avec des pointes plus fortes, de temps en temps. Il taillait le bois à petits coups, et il songeait à l'arc qu'il allait fabriquer. Lorsque enfin il eut détaché la branche, il l'entendit.

Un avion ! C'était un bruit de moteur, encore lointain, mais qui semblait s'amplifier.

Ils arrivaient !

La branche et la hachette à la main, Brian se rua vers son abri. Il lui fallait allumer son feu, sur le rocher, et signaler sa présence. Toute la vie qui était en lui passa dans ses jambes, lui permettant de sauter par-dessus des troncs d'arbres abattus sur le sol, de traverser des buissons sans ralentir...

Il était hors d'haleine.

Le bruit se faisait plus fort, venait dans sa direction.

S'il ne se dirigeait pas droit sur Brian, du moins approchait-il.

Aucun doute : il allait allumer son feu, et l'avion verrait la fumée. L'appareil décrirait un cercle, puis un autre, et remuerait les ailes. Ce serait un hydravion, et il se poserait sur l'eau. Le pilote serait stupéfié de découvrir que Brian était encore en vie.

Tout cela, le garçon le vivait en pensée, tandis qu'il courait vers son campement pour allumer le feu.

Ils l'emmèneraient, et cette nuit même, il serait près de son père et il mangerait. Et il lui raconterait ce qu'il avait vécu.

Lorsque Brian parvint à son abri, le vrombissement du moteur se faisait toujours entendre.

Le garçon se précipita à l'intérieur, saisit un morceau de bois qui brûlait et grimpa sur la roche. Il la gravit comme un chat, et il avait presque enflammé le tas de bois quand le bruit s'estompa.

Brutalement. Comme si l'avion avait fait demi-tour. Une main devant les yeux pour les protéger du soleil, Brian essaya d'apercevoir l'appareil. Mais les arbres étaient si hauts, si épais, qu'il n'y parvint pas. A présent, le bruit était encore plus faible.

S'agenouillant à nouveau vers les flammes, il

souffla dessus, y ajouta de l'herbe et des copeaux de bois. Elles grandirent et, en quelques instants, il obtint un feu aussi haut que lui.

Mais le bruit du moteur avait complètement disparu.

« Retournez-vous ! implora-t-il. Regardez derrière vous et voyez la fumée ! Faites demi-tour, je vous en supplie ! »

Toutes les images qui défilaient dans son esprit un instant plus tôt s'évanouirent, comme le bruit de l'avion, comme les rêves, comme l'espoir.

« Retournez-vous et voyez la fumée... Revenez me chercher ! »

Mais l'avion continua sa route et Brian ne l'entendit plus du tout, même en imagination.

Il resta sur le rocher, le visage rougi par le feu qui ronflait, regardant s'élever dans le ciel des nuages de cendre et de fumée. Jamais il ne partirait d'ici. Non, jamais.

L'avion des sauveteurs était reparti. Ils avaient donc fouillé les lieux bien au-delà du plan de vol, puis ils avaient renoncé. Ils n'avaient pas vu la fumée. Ils n'avaient pas entendu Brian qui les appelait si fort mentalement.

Ils ne reviendraient pas.

Et lui, il ne partirait jamais d'ici.

Brian se laissa tomber à genoux et sentit les larmes couler sur son visage et tomber sans bruit sur la roche.

Tout était fini, sans espoir. L'arc, le harpon, les poissons, les framboises. Ils pouvaient l'aider à survivre quelques jours, mais pas pour toujours. Pas s'il perdait espoir de les voir revenir le chercher.

Il était seul, et il savait qu'ils ne reviendraient pas.

13

BRIAN SE TENAIT À L'EXTRÉMITÉ LA PLUS LONGUE DU LAC

et il regardait l'eau, humait son odeur, écoutait ses bruits. Comme s'il était l'eau.

Un poisson s'agita, et le garçon tourna vivement les yeux du côté du léger clapotis pour voir les rides, à la surface du lac, mais il ne leva pas son arc et ne porta pas sa main à sa ceinture pour y prendre une flèche. Car ce n'était pas un poisson comestible.

Les poissons comestibles restaient cachés dans les eaux peu profondes et ne s'agitaient pas de cette façon. Ils faisaient des mouvements plus rapides, des mouvements brefs pour attraper de quoi se nourrir. Les gros poissons restaient dans les profondeurs et ne se laissaient pas prendre. Peu importait. Ce matin-là, Brian ne cherchait pas à capturer un poisson. Il en était dégoûté, à force d'en manger.

Ce qu'il voulait, c'était un oiseau. Un vol nichait dans cette région des bords du lac.

Mais une force mystérieuse l'avait arrêté alors qu'il s'apprêtait à chasser. Et il restait là, immobile, respirant doucement par la bouche pour ne pas faire de bruit, l'œil et l'oreille aux aguets.

Le même phénomène lui était déjà arrivé. Une puissance extérieure lui interdisait d'accomplir certains gestes.

Ainsi, quelques jours plus tôt, cela s'était produit au sujet d'un ours, un autre. Brian cueillait les dernières framboises lorsque quelque chose l'arrêta. Et, quand il regarda dans la direction où ses oreilles lui disaient de regarder, il vit une ourse avec ses petits.

S'il avait fait deux pas de plus, il se serait trouvé entre la mère et ses petits... Position fort dangereuse ! En l'apercevant, la mère avait dû faire un bruit, un bruit de gorge pour l'effrayer et l'avertir. Désormais, Brian accordait beaucoup d'attention à ses impressions.

Ce matin-là, donc, il ne bougeait pas et attendait patiemment, sachant qu'il allait se passer quelque chose.

Un bruit. Brian leva les yeux, au-delà du lac.

Et il le vit.

Un loup. A mi-colline, la tête et les épaules bien droites, le fixant de ses larges yeux jaunes. Brian n'avait jamais vu de loup, mais celui-ci lui paraissait de taille imposante. Il avait l'air de revendiquer la propriété de tout ce qui était à ses pieds, Brian compris.

Pendant un moment, le garçon eut peur. A cause de l'attitude du loup. En effet, l'animal savait qu'il était là, et choisissait de ne rien faire. Puis sa peur disparut. Brian comprit que le loup n'était qu'un élément du bois, un élément de cet ensemble. Maintenant, il connaissait le loup, tout comme le loup le connaissait. Il lui fit un signe de tête puis sourit.

La bête l'observa encore un moment, puis fit demi-tour et gravit la colline avec une étonnante facilité. Lorsqu'il émergea des buissons, trois autres loups lui emboîtèrent le pas. Tout aussi gros. Gris comme lui. Beaux comme lui. Tout en s'éloignant en trottinant, ils regardèrent Brian, et celui-ci les salua l'un après l'autre.

Maintenant, il n'était plus le même. Le temps avait passé et l'avait transformé.

Quarante-sept jours s'étaient écoulés depuis l'accident. Depuis quarante-deux jours, l'ancien Brian avait disparu pour renaître en un nouveau Brian.

Le sauvetage manqué l'avait laissé abattu. Complètement démuni. Le reste de cette journée, il avait perdu courage, allant même jusqu'à oublier d'alimenter son feu, de manger un œuf de tortue. Il était vaincu.

Et il avait souhaité mourir.

Pure folie !

Non, il n'était plus le même. L'avion qui était passé dans le ciel l'avait transformé, le désespoir l'avait détruit et fait renaître différent. Il savait aussi qu'il ne mourrait pas. Qu'il ne se laisserait pas mourir.

Bien sûr, il avait commis beaucoup d'erreurs. Il en souriait maintenant, en marchant le long du lac après le départ des loups.

Il avait fait un nouveau feu qu'il conservait désormais en utilisant en partie du bois pourri, parce qu'il se consumait lentement et pouvait être facilement ranimé.

La première fois qu'il avait tiré à l'arc, quel désastre ! Il avait failli devenir aveugle.

Il avait passé une nuit entière à appointer la

tige de bois avec soin jusqu'à ce que l'arc lui paraisse très beau. Puis il avait passé deux jours à fabriquer des flèches. Les hampes étaient en saule, bien droites, sans écorce. Il en avait durci les extrémités au feu et fendu deux d'entre elles pour obtenir des pointes fourchues, comme pour le harpon. Comme il n'avait pas de plume, il les laissa nues. Il ne possédait pas de corde, et cela le désolait. Jusqu'au moment où il songea aux lacets de ses tennis. Il en coupa un au milieu ; il suffirait pour les deux chaussures. Il utiliserait l'autre pour son arc.

Tout sembla aller pour le mieux jusqu'à ce qu'il fasse un essai. Il encocha une flèche, la tira vers sa joue, la pointa vers un monticule de terre. A cet instant précis, l'arc de bois éclata en mille morceaux dans ses mains, lui envoyant des copeaux de bois en plein visage. Deux morceaux se fichèrent dans son front, juste au-dessus des yeux. S'ils avaient frappé un tout petit peu plus bas, ils l'auraient rendu aveugle.

L'arc était trop rigide.

Des erreurs. Dans son journal mental, il en dressa la liste pour les raconter à son père.

Il avait fabriqué un nouvel arc avec des rameaux plus flexibles et avait tiré plus doucement. Mais il n'avait pas attrapé de poisson. Pourtant, il s'était assis dans l'eau et, à la fin, un véritable banc de poissons l'entourait. C'était exaspérant. Il lui fallait tirer l'arc en arrière, poser la pointe juste à la surface et, lorsque les poissons étaient à moins de trois centimètres de lui, libérer la flèche.

Pour les rater. Chaque fois, Brian avait l'impression que la flèche était partie droit sur sa proie, mais chaque fois, aucun d'eux n'était atteint. Finalement, au bout de plusieurs heures, il planta la flèche à la verticale dans l'eau, banda l'arc et attendit qu'un poisson s'approche. Pendant qu'il attendait, il remarqua que, au contact de l'eau, la flèche semblait se courber et même se casser en son milieu.

Bien entendu ! Il n'avait pas pensé au phénomène de réfraction. Il l'avait étudié quelque part, en cours de physique, peut-être. Cela signifiait donc que les poissons ne se trouvaient pas exactement à l'endroit où ils avaient l'air d'être, mais plus bas, ce qui signifiait qu'il devait viser un peu au-dessous de ce qu'il voyait.

Il n'oublierait pas sa première prise. Jamais. Un poisson de forme arrondie, aux flancs dorés, s'était arrêté au bout de la flèche, et Brian avait

TRUONG

visé juste au-dessous. Quand la flèche était partie, l'eau avait été déchirée par des éclairs dorés. Il avait alors récupéré la flèche. Le poisson y était fiché, se tortillant dans l'azur du ciel.

Il avait tenu sa prise ainsi jusqu'à ce qu'elle cesse de gigoter. Alors, sa gorge s'était serrée. Comme il était fier de lui !

Avec son arc et une flèche façonnée de ses propres mains, il avait trouvé le moyen de subsister.

Brian sortit de l'eau, tenant toujours le poisson, l'arc, et la flèche levée vers le ciel, à bout de bras comme s'ils étaient une partie de lui-même.

Il avait de la nourriture !

Il cassa une branche de saule, y embrocha le poisson et le tint sur le feu jusqu'à ce que sa peau se craquelle. Alors, il l'ôta de la broche. A l'intérieur, la chair était tendre. Il en prit un bout avec précaution, savourant chaque morceau, l'écrasant contre son palais avec la langue pour en extraire les sucs.

Toute la journée, il n'eut de cesse de descendre vers le lac, d'attraper un poisson, de le rapporter pour le faire cuire et de le manger. Et ainsi de suite jusqu'à la nuit.

Il avait jeté les déchets dans l'eau avec l'espoir

qu'ils serviraient d'appât, et les poissons affluèrent en masse. Plus tard, il ne se rappela pas combien il en avait mangé ce jour-là, plus de vingt, sans doute.

Ce jour-là avait été un jour de fête. Il avait célébré sa joie d'être en vie et d'avoir trouvé un nouveau moyen pour subsister.

Lorsque la nuit était venue, il s'était étendu près du feu, l'estomac plein, la bouche barbouillée de graisse. Un nouvel espoir était né en lui. Pas l'espoir d'être secouru, non. Cela, c'était du passé. Mais l'espoir d'apprendre, de survivre et de savoir prendre soin de lui-même.

14

DES ERREURS,

de petites erreurs pouvaient devenir de véritables catastrophes, faire boule de neige.

Quand Brian vivait chez lui et qu'il commettait une erreur, il y avait toujours moyen de la corriger. S'il tombait de bicyclette et se faisait une entorse, il en guérirait certainement. S'il oubliait de faire des courses, il trouvait tout de même de quoi manger dans le réfrigérateur.

Ici, c'était différent. Ici, s'il se faisait une entorse, s'il tombait malade, il pouvait mourir de faim, à cause de son incapacité de se déplacer.

Le nouveau Brian avait vite découvert la chose la plus importante, l'élément fondamental qui régit toute vie en forêt : là, la nourriture est tout. Tout.

En forêt, les êtres vivants, depuis les insectes jusqu'aux poissons et aux ours, sont toujours en quête de nourriture. Elle est la grande, l'unique préoccupation des êtres vivants.

Brian l'avait découvert presque au péril de sa vie.

En effet, au cours de la deuxième nuit de sa nouvelle vie, il s'était endormi devant le feu après son copieux repas de poisson. Soudain, quelque chose — l'odeur, sans doute, se dit-il par la suite — l'avait brusquement réveillé.

Près du feu, pas le moins du monde effrayé par les tisons, et pas davantage par Brian, un putois était en train de creuser à l'endroit où il avait enterré les œufs. A la faveur d'un rayon de lune, Brian avait distingué la queue touffue de l'animal, les rayures blanches sur son derrière, et il avait presque souri.

Comment le putois avait-il découvert l'existence des œufs ? A l'odeur ? Brian s'attendrit presque, en voyant la petite tête de l'animal, sa petite queue dressée, tandis qu'il creusait, rejetant le sable en arrière avec ses pattes.

Mais ces œufs lui appartenaient à lui, Brian,

pas au putois, et la peur de perdre sa nourriture l'avait emporté. Il avait ramassé une poignée de sable et l'avait lancée sur le putois.

« Va-t'en, espèce de... »

Brian allait dire quelque injure humaine ridicule, mais, en moins d'une seconde, le putois avait relevé son arrière-train et sa queue et projeté sur Brian un liquide malodorant. En plein visage.

Dans les limites minuscules de son abri, l'effet fut terrible. Une forte odeur de soufre emplit l'endroit. Nauséabonde. Insupportable. Le jet corrosif qui frappa le visage de Brian lui brûla les yeux et l'aveugla.

Il poussa un cri et se précipita vers le lac, au prix de gros efforts pour ne pas tomber. Puis il entra dans l'eau et y plongea la tête pour essayer de se nettoyer les yeux.

Il avait vu quantité de dessins humoristiques sur les putois, sur leur odeur ; des dessins destinés à faire rire, pourtant, lorsque le jet l'avait frappé, il n'avait pas trouvé ça drôle du tout. Il était resté aveugle pendant près de deux heures. Une éternité. La peur de rester aveugle à jamais, ou que sa vue soit altérée, l'avait alors assailli. Dans ce cas, ce serait la fin. Ses yeux le firent souffrir plusieurs jours, et il ne fut complètement rassuré qu'au bout de deux bonnes semaines. L'odeur, dans son abri, sur ses vêtements et dans ses cheveux persistait encore presque un mois et demi plus tard.

Des erreurs.

La nourriture devait être protégée. Cette nuit-là, tandis qu'il était dans le lac en train de se laver les yeux, le putois était revenu, avait déterré les œufs de tortue et les avait tous mangés. Il avait léché toutes les coquilles avec soin et ne s'était pas préoccupé le moins du monde du fait que Brian était en train de se débattre dans l'eau comme une carpe qui va mourir. L'animal avait trouvé de la nourriture : il la prenait. Pour Brian, c'était une bonne leçon...

Protéger ses biens et avoir un abri en bon état, voilà qui était indispensable. Pas seulement un abri pour empêcher le vent et la pluie d'entrer, mais un abri pour se préserver, pour se conserver sain et sauf.

Le lendemain de l'incident avec le putois, Brian se mit en devoir d'aménager un endroit correct pour habiter.

L'idée de base avait été bonne, l'emplacement de son abri était approprié, mais il n'avait pas apporté assez de soin à sa construction. Il avait voulu brûler les étapes et avait cruellement payé son inconséquence. Ces œufs de tortue, il était arrivé à les aimer plus que des œufs de poule achetés en magasin. A ses yeux, ils avaient tellement plus de valeur !

Brian commença par tout démolir. Puis il alla chercher sur la colline des branches de pins morts, qu'il planta de part et d'autre de ce qui constituerait l'ouverture, des pieux plus robustes. Il en mit ainsi à intervalles réguliers, de chaque côté, jusqu'au rocher du fond. Puis il entrelaça de longues branches afin d'obtenir un mur vraiment compact. Comme le résultat ne le satisfaisait pas tout à fait, il coupa même des branches plus fines qu'il tressa dans le premier entrelacs. Quand il eut enfin terminé, il constata qu'il lui était impossible de passer le poing au travers. C'était comme un panier tressé très serré.

L'ouverture, maintenant. Elle méritait un soin particulier. A cet effet, Brian prit le temps de tresser une porte en rameaux de saule, si serrée que ni putois ni porc-épic ne pourraient la traverser. Quelques branches flexibles, disposées sur le haut, feraient office de gond. Ne restait plus qu'à mettre la porte en place. Ce fut bientôt chose faite et, une fois à l'intérieur, la porte refermée, Brian se sentit relativement en sécurité. Bien entendu, un ours ou un autre animal de taille aussi imposante pouvait toujours enfoncer la porte, mais il ne craignait rien des bêtes plus petites.

La construction de son abri lui avait demandé trois jours de travail pendant lesquels il avait renoncé à attraper des poissons. Il s'était baigné au moins quatre fois par jour pour essayer de se débarrasser de l'horrible odeur du putois. Sa maison terminée, il devait maintenant s'attaquer au problème de la nourriture.

Chasser et manger, pêcher et manger, cela ne posait pas grande difficulté, au fond. Mais que se passerait-il s'il tombait malade ou se blessait ? Il lui fallait trouver le moyen de stocker la nourriture.

Brian essaya de tirer parti des erreurs qu'il avait commises. Il ne devait pas enterrer la nourriture, ni la laisser dans son abri. Il fallait la conserver en hauteur. Hors d'atteinte d'un ours ou de tout autre animal.

Au-dessus de la porte de son abri, creusée dans la roche, Brian avait remarqué une petite excavation naturelle qui pourrait convenir. Elle était tout à fait inaccessible à un animal. Mais elle lui était également inaccessible.

Une échelle, bien sûr ! Il lui fallait une échelle. Mais il n'avait pas le moyen d'en fabriquer une. Comment maintenir les échelons ? Il ne trouva pas la solution à ce problème jusqu'à ce qu'il découvre un pin mort, avec beaucoup de petites branches qui dépassaient de part et d'autre du tronc. Utilisant sa hachette, il les sectionna de façon à ne les laisser saillir que sur une quinzaine de centimètres, puis il coupa le tronc à environ deux mètres cinquante et le traîna jusqu'à son abri. C'était un peu lourd, mais ses efforts furent récompensés de succès. En effet, lorsqu'il posa son échelle de fortune contre le rocher, il s'aperçut qu'il pouvait atteindre la corniche sans difficulté. Le pin avait tendance à rouler d'un côté ou de l'autre, tandis qu'il grimpait, mais il s'en accommoderait.

Son « garde-manger » était recouvert de fiente d'oiseaux, et il le gratta soigneusement avec un morceau de bois jusqu'à ce qu'il soit propre. Il prit encore le temps de confectionner, à l'aide de rameaux de saule verts, un petit treillage qui fermerait sa réserve. Quand il eut terminé, il fit quelques pas en arrière pour admirer son travail. En bas, sa maison. En haut son « garde-manger ». Et il s'accorda une pointe de fierté.

Pas mal... Pas mal, pour quelqu'un qui n'arrivait même pas à graisser les plateaux de sa bicyclette. Pas mal du tout.

Il avait construit un abri sûr et un garde-manger, mais il n'avait pas de nourriture, sauf du poisson et le reste des framboises. Et le poisson était une denrée périssable. Une fois, sa maman avait oublié du saumon dans la cuisine pendant une nuit entière, alors qu'ils étaient allés rendre visite à des parents, à leur retour, la maison empestait le poisson pourri. Impossible de conserver du poisson.

Du moins, pensa-t-il, impossible de le conserver mort.

Alors, comme il regardait le tressage de sa structure, il lui vint une idée et il se dirigea vers le lac.

Il avait jeté des déchets de poisson dans l'eau, et cette nourriture les avait attirés par centaines.

« Je me demande si... »

Ils semblaient venir facilement vers l'appât, tout au moins les plus petits d'entre eux. Désormais, Brian n'avait plus le moindre problème

pour les attraper et il en avait même harponné un avec son vieux harpon qu'il savait maintenant manier comme il faut.

S'il jetait aux poissons de quoi manger, ils se précipiteraient dessus. Alors, il n'aurait qu'à les capturer. Pour cela, il lui fallait une sorte de réservoir. Une sorte de vivier...

A sa droite, à la base de l'escarpement rocheux, il y avait des tas de rochers plus petits qui s'étaient détachés du bloc principal. Brian passa un après-midi à transporter ces rochers sur la rive du lac et à construire dans l'eau un grand bassin où il maintiendrait les poissons en vie. Deux « bras » de roche qui émergeaient du lac et s'avançaient dans l'eau sur environ quatre mètres avant de se rejoindre presque en leur extrémité. A l'endroit où ils se rapprochaient l'un de l'autre, Brian ménagea une ouverture d'environ cinquante centimètres, puis s'assit sur le rivage et attendit.

Lorsqu'il avait commencé à travailler dans l'eau, les poissons s'étaient enfuis. Mais il avait pris la précaution de déposer des arêtes, de la peau et autres déchets dans l'enceinte du bassin. L'appât fonctionna à merveille !

En moins d'une heure, il y eut trente ou

quarante petits poissons dans le vivier. Brian tressa une porte à l'aide de petits rameaux fins et les enferma.

« Du poisson frais ! s'écria-t-il. Du poisson frais à revendre ! »

Conserver du poisson vivant pour le manger plus tard avait été une invention géniale, pensa-t-il. Il ne s'agissait pas seulement de se prémunir contre la faim mais aussi de penser à l'avenir. De prévoir.

Bien entendu, Brian ignorait alors qu'il finirait par être dégoûté du poisson...

15

LES JOURS SE FONDAIENT LES UNS DANS LES AUTRES,

se mêlaient dans l'esprit de Brian. Au bout de deux ou trois semaines, sans l'astuce qu'il avait trouvée, il n'aurait pas pu savoir combien de jours à peu près s'étaient écoulés depuis l'accident. Une marque, faite chaque matin sur une pierre posée près de son abri, lui permettait d'avoir quelque repère. Mais en fait, le temps réel se mesurait, pour lui, en événements, et non en jours. Qu'est-ce que c'était, un jour pour lui ? Rien. Le soleil se levait, le soleil se couchait, et entre ces deux moments, il y avait de la lumière.

En revanche, les événements étaient gravés dans la mémoire de Brian, et il s'en servait pour se rappeler ce qui s'était passé, pour tenir une sorte de journal mental.

Ainsi, il y avait eu le Jour du Premier Repas de Viande. Un jour qui avait commencé comme les autres, lever avec le soleil, nettoyage du campement, vérification des réserves de nourriture. Mais Brian commençait à en avoir assez de manger du poisson et des framboises. Il avait envie d'autre chose et, surtout, d'aliments plus solides.

Il avait envie de viande. Il y pensait, la nuit. Il songeait à sa mère en train de cuire un rôti, et il lui arrivait même de rêver de dinde. Une nuit, il se réveilla avant que son feu n'ait eu besoin d'être alimenté, le goût de côtelette de porc à la bouche, et salivant à outrance. Ce n'était qu'un rêve, mais il lui donna envie de se procurer de la viande.

Pour chercher du bois, Brian s'éloignait maintenant de plus en plus de son camp. Et il apercevait une foule de petits animaux. Les écureuils abondaient. De petits écureuils roux qui poussaient de petits cris à son approche, comme s'ils n'étaient pas contents d'être dérangés, et sautaient de branche en branche. Il y avait aussi beaucoup de lapins : des gros avec une fourrure grise tachée de brun, des plus petits, gris, très rapides, qu'il ne voyait qu'à l'aube. Les plus gros restaient parfois assis sur leur derrière jusqu'à ce que Brian arrive quasiment à leur hauteur, puis faisaient quelques bonds désordonnés sur quelques mètres avant de s'immobiliser à nouveau.

En réfléchissant bien à la chose, et avec un peu d'entraînement, Brian pourrait atteindre l'un d'eux avec une flèche ou un harpon. Mais mieux valait renoncer aux plus petits ou aux écureuils. Trop rapides.

Et puis il y avait les oiseaux.

Ils l'exaspéraient au point de le rendre presque fou. Il y en avait de tous côtés. En groupe de cinq ou six. Et ils avaient un tel art de se camoufler, de se fondre dans la végétation, que Brian pouvait être assis à se reposer, adossé à un arbre, et ne pas s'apercevoir que l'un d'eux se tenait immobile dans un buisson, tout près de lui. Et il jaillissait soudain de sa cachette avec un bruit assourdissant.

Brian ne parvenait pas à s'habituer à la façon dont ils surgissaient soudain de nulle part. Chaque fois qu'il s'en allait en quête de nourriture, c'est-à-dire tous les matins, il passait son temps à sursauter de frayeur. Un jour qu'il n'était pas près d'oublier, il s'apprêtait à ramasser un morceau de bois, au pied d'un bouleau mort. Ses doigts le touchaient presque, quand un oiseau en était brusquement sorti, le frappant en plein visage.

Le Jour de la Première Viande, Brian avait donc décidé d'attraper un de ces oiseaux. Il s'était muni de son arc et de son harpon, fermement déterminé à mener son projet à bien.

La chasse avait mal commencé. Brian avait vu des tas d'oiseaux remontant la rive du lac jusqu'au bout, puis descendant de l'autre côté, mais seulement après qu'ils avaient pris leur envol. Il lui fallait donc trouver le moyen de les repérer avant et de s'en approcher assez pour les atteindre d'une flèche ou utiliser le harpon. Mais comment faire ?

Après avoir parcouru un bon bout de chemin en longeant le lac et avoir levé une bonne vingtaine d'oiseaux, le garçon décida d'abandonner et s'assit au pied d'un arbre pour réfléchir. Bon, il y avait des oiseaux. Et lui, il avait des yeux. Il lui suffisait de trouver un lien entre ces deux éléments.

« C'est ma façon de regarder qui cloche, pensa-t-il. Je ne sais pas regarder convenablement. Et puis, je n'agis pas comme il le faudrait. Très drôle ! Tout cela je le sais, merci bien ! Mais comment devrais-je faire ? »

Le soleil du matin tapait dur, et Brian avait l'impression que son cerveau était en ébullition, tandis qu'il restait là, adossé à un arbre, sans trouver de solution à toutes ses questions. Il se leva enfin et reprit sa marche. Il n'avait pas fait deux pas qu'un oiseau s'était envolé. Ainsi, alors qu'il cherchait désespérément le moyen de les repérer, l'un d'eux se cachait là, à ses pieds !

Brian en aurait pleuré.

Mais cette fois, lorsque l'oiseau s'était envolé, quelque chose l'avait frappé. Il tenait la solution !

L'oiseau descendit en direction du lac puis, voyant qu'il ne pouvait se poser sur l'eau, tourna et revint vers la colline s'abriter sous les arbres. Alors qu'il décrivait une courbe à travers le sous-bois, le soleil le frappa. Pendant quelques secondes, Brian découvrit la véritable forme de l'oiseau en vol. Aérodynamique à l'avant, suivie d'une masse.

Quelque chose qui ressemblerait à une poire, se dit-il, avec une pointe à une extrémité et un petit corps trapu. Une poire volante.

Et c'était là la solution. Jusque-là, il avait cherché à distinguer les plumes de l'oiseau, leur couleur. Alors qu'il aurait dû s'attacher à sa silhouette, à sa forme. Il fallait qu'il entraîne ses yeux à voir les volumes...

C'était comme lorsqu'il mettait la télévision en marche. Tout à coup, il pouvait voir des choses qu'il n'avait jamais vues auparavant. En quelques instants, il repéra trois oiseaux avant qu'ils ne s'envolent et s'approcha de l'un d'eux, tout doucement. Il essaya de l'atteindre avec son harpon.

Raté !

Il renouvela l'opération maintes fois, sans plus de succès, mais ce qui importait, c'était que, désormais, il voyait les oiseaux dans les buissons. Il repérait leur forme trapue. Sans se décourager, il décocha quelques flèches mais, comme elles n'avaient toujours pas de penne, elles ressemblaient plus à des baguettes de bois qu'à des flèches et, une fois lancées, retombaient mollement. Même si un oiseau se trouvait à deux mètres de Brian, la flèche, ne pouvant se stabiliser, finissait sa course dans les buissons.

Au bout de tous ces essais infructueux, Brian décida de renoncer à utiliser son arc. Il lui avait été très utile pour pêcher les poissons, mais ne convenait pas pour chasser les oiseaux. Du moins, pas dans l'état où il était alors.

Comme il s'était également muni de son harpon à deux fourches, Brian essaya de s'en servir. Hélas, il manquait de rapidité et d'adresse. Les oiseaux filaient dans les airs à une vitesse incroyable et s'envolaient tout aussi vite. Brian finit par découvrir que, s'il s'approchait d'un oiseau à terre en marchant de biais au lieu de le faire de face, il pourrait parvenir suffisamment près. Il ne lui resterait plus alors qu'à pointer le harpon sur l'oiseau et à le lancer avec force.

Au terme de deux tentatives infructueuses, ses efforts furent couronnés de succès ! Pas loin de l'habitat des castors. Sa Première Viande.

Ayant aperçu un oiseau, Brian darda son harpon. Les deux pointes le clouèrent au sol, le tuant presque sur le coup. Il battit seulement un peu des ailes. Brian le saisit et le serra dans ses deux mains jusqu'à ce qu'il soit certain qu'il était mort.

Puis il ramassa le harpon et l'arc et regagna son abri d'un bon pas. Le feu couvait. Le garçon resta assis à regarder l'oiseau, se demandant comment procéder. Les poissons, il s'était contenté de les faire cuire entiers, sans les vider. Avec l'oiseau, c'était différent. Il fallait qu'il le plume.

Cela avait toujours été si simple, à la maison ! Brian allait au magasin acheter un poulet. Il était propre et net, sans plumes ni viscères, et sa maman le faisait rôtir au four. Il ne lui restait plus qu'à le manger.

L'oiseau était bien là. Mais Brian n'en avait jamais nettoyé, jamais plumé. Et il ne savait pas par où commencer. Mais il voulait cette viande, et ce désir le poussa à agir.

Finalement, les plumes vinrent sans mal. Mais la peau était si fragile qu'elle se déchirait lorsque Brian tirait. Aussi décida-t-il de dépouiller l'oiseau. Comme s'il pelait une orange, en quelque sorte. A cette différence près que, lorsque la peau fut enlevée, les viscères s'échappèrent.

Brian eut un haut-le-cœur. Mais il ne se laissa pas détourner de son travail.

Il trancha rapidement le cou de l'oiseau d'un coup de hachette, puis les pattes. Dans sa main, il eut alors une sorte de petit poulet qu'il suspendit à un rameau dépassant de son mur de feuillage, et alla jeter les plumes dans sa réserve à poissons. Ils mangeraient certainement les restes de chair qui y étaient encore accrochés. Réflexion faite, le garçon décida de conserver les plumes des ailes et de la queue, longues et rigides, tachées de brun, de gris et de rouge. Elles serviraient peut-être un jour... Pour améliorer ses flèches, qui sait ?

Lorsqu'il jeta les autres dans l'eau, les petits poissons affluèrent. Après s'être lavé les mains, Brian regagna son abri : la viande était couverte de mouches qu'il chassa du revers de la main. C'était incroyable ! Elles étaient venues si rapidement ! Mais dès qu'il eut ranimé le feu, la fumée les repoussa et elles disparurent comme par enchantement.

Brian passa une tige bien affûtée au travers du corps de l'oiseau et le tint au-dessus du foyer.

Le feu était trop chaud. Les flammes léchèrent la graisse, manquant d'enflammer la chair. Brian tenta de tenir la broche plus haut, mais c'était pire encore et, finalement, il la plaça un peu de côté. Là, l'oiseau sembla cuire comme il fallait. Sauf qu'il ne dora que sur un côté et que tout le jus s'échappa goutte à goutte. Brian résolut de faire tourner la broche lentement, chose difficile à deux mains. Il chercha alors une baguette fourchue qu'il enfonça dans le sable pour y poser la broche. Puis il la tourna. Il avait trouvé comment faire cuire un oiseau.

En quelques minutes, l'extérieur fut cuit.

L'odeur qui se dégageait était presque la même que celle qui inondait la cuisine, lorsque la maman de Brian faisait rôtir des poulets au four. Impossible d'attendre plus longtemps ! Mais, quand le garçon arracha un morceau de blanc, il s'aperçut que la viande était encore crue à l'intérieur.

Patience, se dit-il. Tout n'était qu'une question de temps. De réflexion. Il fallait faire les choses convenablement.

Il remit l'oiseau à cuire, le tournant lentement, le laissant rôtir et embaumer. Puis vint le moment où cela n'eut plus aucune espèce d'importance que la viande soit cuite ou non. Elle était bien grillée à l'extérieur, dure et chaude, et Brian allait la manger.

Il déchira un morceau de poitrine qu'il mit dans sa bouche et mâcha avec application. Aussi lentement que possible pour en extraire toute la saveur.

Jamais dans tout ce qu'il avait mangé jusqu'à ce jour, les hamburgers, les rôties, les bonbons, les tartes ou les gâteaux, les steaks ou les pizzas, les sandwiches, jamais il n'avait goûté quelque chose d'aussi délicieux que cette première bouchée.

La Première Viande.

16

DÉSORMAIS, BRIAN N'ÉTAIT PLUS LE MÊME, NE SERAIT JAMAIS PLUS LE MÊME.

Il y avait eu beaucoup de Premiers Jours.

Le Jour de la Première Flèche, par exemple, quand il avait eu l'idée d'utiliser du fil récupéré sur son vieux coupe-vent en lambeaux pour fixer des pennes sur un rameau de saule sec et fabriquer ainsi une flèche qui vole correctement. Manquait toujours la précision, mais si un lapin ou un oiseau passaient à proximité, Brian avait tout de même une chance de les attraper.

Le Jour de la Première Flèche amena le Jour du Premier Lapin, quand il tua un des gros lapins avec une flèche et le dépouilla comme il l'avait fait pour le premier oiseau, le fit cuire de la même façon et trouva la chair aussi bonne. Pas aussi riche que celle de l'oiseau, mais néanmoins bonne.

Maintenant il alternait lapin et oiseau chaque fois qu'il le pouvait. Et il complétait par du poisson.

La faim. Toujours la faim.

« J'ai toujours faim mais maintenant, je sais comment m'en tirer, je sais me procurer de la nourriture », pensait souvent Brian.

Ce jour-là, il s'approchait du lac pour atteindre un bouquet de noisetiers.

Ils formaient d'épais buissons couverts de noisettes vertes dans leurs enveloppes un peu collantes. Pour les manger, il fallait attendre qu'elles mûrissent. Brian espérait y dénicher un oiseau car il savait qu'ils aimaient se cacher à la base touffue des noisetiers, là où les tiges étaient proches les unes des autres et leur fournissaient un abri. Dans le deuxième bouquet de noisetiers, il aperçut un oiseau, s'en approcha et s'arrêta. En effet, l'oiseau venait de dresser les plumes de sa tête et d'émettre le bruit d'un grillon. Un signal d'alarme, juste avant l'envol. Mais l'oiseau resta là et, quand Brian constata qu'il laissait retomber ses plumes, il reprit son approche. Il répéta l'opération à quatre reprises, évitant de regarder l'oiseau directement et se déplaçant vers lui en biais. Cette méthode s'était révélée la bonne. A telle enseigne qu'il avait déjà attrapé un oiseau à mains nues.

L'oiseau ne bougea pas. Brian plaça sa flèche, une flèche munie d'une penne, banda son arc et tira. Raté ! Il sortit une autre flèche de la poche en tissu fixée à sa ceinture, qu'il avait confectionnée en nouant les restes de la manche de son coupe-vent. L'oiseau était toujours immobile. Brian ne le regarda pas directement avant d'avoir encoché sa deuxième flèche. Puis il visa, tira et le manqua à nouveau.

Cette fois, la flèche se ficha si près de l'oiseau qu'elle lui effleura presque la poitrine. Brian n'avait plus que deux flèches. Il pesa le pour et le contre, puis finit par adopter une autre méthode. Gagné !

Il bondit vers sa victime, la saisit et la frappa sur le sol d'un coup vif pour l'achever. Puis il récupéra ses flèches, s'assura qu'elles étaient en bon état et descendit vers le lac pour laver ses mains maculées de sang.

Cela faillit être le dernier acte de sa vie...

Une odeur, ou un bruit, attira son attention. Comment savoir ? Un léger bruit de frottement, peut-être. Bref, quelque chose frappa son oreille ou son nez, et il commença à se retourner. Il aperçut alors une masse de fourrure brune qui se détachait de la forêt et fonçait droit sur lui comme un camion fou. Il n'eut que le temps de reconnaître que c'était un élan — il en avait vu des photographies dans des livres. L'animal le percuta sur le côté gauche et le projeta dans l'eau, puis y entra à son tour pour achever le travail.

Brian eut à peine une demi-seconde pour emplir ses poumons d'air, la bête était à nouveau sur lui.

« C'est dingue ! » pensa-t-il.

Il avait de la boue plein les yeux, plein les oreilles. De la tête, l'élan le força à atteindre le fond vaseux, puis il sortit de l'eau.

En proie à une véritable panique, Brian refit surface en recrachant de l'eau sale, tentant de reprendre son souffle. Lorsqu'il chassa la boue de devant ses yeux, il découvrit l'élan à quelques mètres de lui, en train de mâcher tranquillement une feuille de nénuphar ! L'animal ne semblait même pas le voir, et ne plus se préoccuper du tout de lui. Alors, Brian voulut regagner la rive en essayant de ne pas se faire remarquer.

Mais à peine avait-il bougé que les poils, sur le dos de la bête, se dressèrent. Et elle chargea à nouveau, le renversant dans l'eau de toutes ses forces. Brian chassa l'air qui emplissait ses poumons et frappa sur la tête de l'élan avec ses poings. Au bout de quelques secondes, l'animal abandonna une seconde fois.

Brian remonta à la surface. Mais il était blessé, maintenant. Ses côtes le faisaient atrocement souffrir. Il resta accroupi, faisant le mort. L'élan était toujours là en train de manger. Tout en surveillant la bête du coin de l'œil, Brian se demanda s'il était gravement blessé. Et si ce monstre le laisserait s'en aller, cette fois.

« C'est dingue ! » pensa-t-il encore.

Il commença à bouger, aussi lentement que possible. L'animal tourna la tête, et ses poils bruns se dressèrent comme ceux d'un chien en colère. Le garçon s'immobilisa aussitôt. L'élan se calma et recommença à manger. Bouger : poils dressés. S'arrêter : poils baissés. Bouger : poils dressés. Chaque fois, Brian progressait d'une quinzaine de centimètres. Il finit par atteindre le bord. Là, il resta à quatre pattes, ne sachant pas s'il pourrait marcher à cause de ses blessures. L'élan sembla l'ignorer et le laissa ramper, lentement, hors de l'eau et gagner le sous-bois.

En sécurité derrière un arbre, Brian dressa l'inventaire de ses malheurs. Ses jambes semblaient valides, mais ses côtes étaient sérieusement touchées et le blessaient dès qu'il respirait trop fort. Son épaule droite devait être foulée. De plus, son arc, son harpon et l'oiseau qu'il venait de tuer étaient restés au fond de l'eau.

Au moins, il pouvait marcher. Il venait juste de décider de tout abandonner quand l'élan s'éloigna.

Ses longues pattes faisaient un bruit de succion quand il les tirait pour les délivrer de la boue.

Se pendant à la grosse branche d'un pin, le garçon le regarda s'éloigner, s'attendant presque à ce qu'il revienne sur ses pas et se rue à nouveau sur lui. Mais l'animal poursuivit son chemin et, quand il fut hors de vue, Brian alla récupérer l'oiseau, puis son arc et son harpon heureusement intacts.

Il lui fallut plus d'une heure pour regagner péniblement son abri. Ses jambes fonctionnaient assez bien, mais chaque fois qu'il faisait deux ou trois pas rapides, sa respiration s'accélérait et la douleur lui coupait le souffle, le forçant à s'appuyer à un arbre jusqu'à ce qu'il reprenne haleine.

Il se glissa enfin dans son abri, heureux de constater que les tisons étaient toujours rougeoyants et que, le matin même, il avait songé à rentrer du bois pour deux ou trois jours. Heureux, aussi, d'avoir du poisson à proximité.

Heureux d'être en vie.

Et il sombra dans le sommeil.

C'est le bruit qui le réveilla. C'était un son grave, un son qui semblait produit par le vent. Les yeux de Brian s'ouvrirent brusquement, non pas parce que le son était grave mais parce qu'il lui était inconnu. Il connaissait le bruit du vent, de la pluie qui accompagnait le vent, et il avait entendu gronder le tonnerre à de nombreuses reprises au cours des quarante-sept jours passés ici, mais jamais ce bruit. Grave, presque humain, comme un grognement de poitrine. Un grondement, lointain encore, mais qui approchait. Lorsque Brian fut complètement réveillé, il s'assit dans le noir, grimaçant de douleur à cause de ses côtes cassées.

La douleur était différente, maintenant. Elle le serrait. Et puis, il y avait ce bruit qui le préoccupait. Brian avait le pressentiment qu'il annonçait quelque chose de mauvais.

Il prit du petit bois et raviva le feu, ce qui le réconforta brièvement. En même temps, il eut la conviction qu'il fallait qu'il soit prêt. Le bruit venait pour lui, et il devait être prêt.

Il trouva le harpon et l'arc suspendus au mur de son abri et les posa près du lit qu'il s'était fait avec des rameaux de pin. Mais il ne se sentait pas complètement rassuré pour autant.

Quittant son abri, il scruta le ciel, mais il faisait trop noir. Ce bruit... Il lui rappelait quelque chose, mais quoi ? Une lecture ? Un film à la télévision ?

Oh, non ! Pas ça !

C'était comme le bruit d'un train. Un grondement grave, qui enflait comme le bruit d'un train.

Une tornade.

Elle venait vers lui.

« Mon Dieu ! pensa Brian, pas ça ! Pas ça ! »

Mais il était trop tard pour faire quelque chose. Dans la paix étrange de la nuit, il regarda le ciel encore une fois, puis regagna son abri. Il se courbait pour passer la porte quand la tornade le frappa. Un peu comme l'avait fait l'élan. Une force maléfique le heurta en plein dos, le poussa et le plaqua sur son lit de pin.

Le vent souffla avec rage sur le feu et éparpilla les tisons dans un nuage de cendre et d'étincelles. Puis il hésita et revint à la charge avec un mugissement puissant. Un mugissement qui envahit les oreilles de Brian, son esprit, son corps tout entier.

Projeté contre le mur de feuillage comme un vieux chiffon, le garçon sentit à nouveau une douleur lui déchirer les côtes, puis il fut plaqué à terre une fois encore tandis que le vent arrachait le mur, emportait son lit, son arc. Tout. Pour les lancer loin dans le lac.

Brian sentit une brûlure au cou et leva la main pour y découvrir des tisons rouges. Il les chassa du revers, en trouva d'autres sur son pantalon et les enleva. Le vent frappa à nouveau, par rafales puissantes qui déchiraient tout sur leur passage. Brian entendit des arbres craquer, se sentit happé et s'agrippa aux rochers pour se maintenir à terre. Il ne pensait à rien, se préoccupant seulement de se retenir aux rochers.

Enfin, le vent souffla vers le lac.

Il y eut des bruits d'eau aspirée, un grondement de tonnerre. Le lac était comme déchiré par les rafales de vent, l'eau claquait violemment en grosses vagues qui se heurtaient les unes les autres avec rage, puis s'élevaient dans le ciel comme une colonne de lumière.

C'était beau et terrible à la fois.

Il y eut un dernier fracas d'arbres brisés, sur l'autre rive, puis le silence tomba. La tornade disparut aussi rapidement qu'elle était venue. Elle ne laissait rien sur son passage. Seul Brian, dans la nuit noire.

De l'endroit où son feu brûlait quelques minutes plus tôt, il ne restait rien, pas la moindre étincelle. Rien de son abri non plus, de son arc, ou de son lit. Même l'oiseau avait disparu.

« Je suis retourné à zéro, se dit-il. Au point où j'en étais au moment de l'accident d'avion. Exactement au même point ! »

Et comme pour lui prouver qu'il ne se trompait pas, les moustiques affluèrent. Plus de feu, donc plus de fumée pour les chasser. De véritables essaims de moustiques qui s'infiltraient partout.

Mais il lui restait sa hachette, toujours attachée à sa ceinture. La pluie se mit à tomber et, dans la lueur du jour naissant, Brian constata qu'il n'y avait pas le moindre endroit assez sec pour faire du feu. Découragé, il laissa tomber son corps meurtri sous l'avancée du rocher, là où se trouvait auparavant son lit, et serra ses bras autour de ses côtes.

Le sommeil ne vint pas. Comment Brian aurait-il dormi, avec ces insectes qui le dévoraient ? Il passa le reste de la nuit allongé à chasser les moustiques, en songeant à ce qui s'était passé.

Ce matin encore, il était heureux, il avait de quoi pêcher, chasser, se nourrir. Il faisait bon, sous le soleil ! L'avenir s'annonçait plutôt bien. Et en un jour, un jour seulement, il avait été renversé par un élan, puis une tornade lui avait tout pris. Il avait tout perdu ; il était revenu à la case départ...

C'était un peu comme s'il avait joué sa vie à pile ou face. Et il avait perdu.

« Mais il y a une différence par rapport au jour de l'accident d'avion, se dit-il. Il y a vraiment une différence. Le sort m'a peut-être frappé, mais je ne suis pas vaincu pour autant. Quand il fera jour, je commencerai à reconstruire. J'ai toujours ma hachette : c'était tout ce que je possédais, la première fois. »

Allons ! C'était tout ce que le sort pouvait

contre lui ? Lui envoyer un élan, puis une tornade ? Parfait...

Brian se tint les côtes et recracha quelques moustiques égarés.

Il n'allait pas abandonner pour autant. Il y avait une différence, maintenant. Il avait changé, et il se sentait fort.

Juste avant l'aube, une vague de froid s'abattit soudain, quelque chose qu'il ne connaissait pas. Et les moustiques se replièrent dans le sous-bois. Alors, Brian put dormir. Somnoler plutôt. Et la dernière pensée qu'il eut, ce matin-là, en fermant les yeux fut : « J'espère que la tornade a atteint aussi l'élan. »

Lorsqu'il se réveilla, le soleil lui avait littéralement cuit l'intérieur de la bouche et desséché la langue comme du cuir. En effet, à l'aube, il avait sombré dans un sommeil profond.

Il se leva en titubant et faillit hurler de douleur à cause de ses côtes cassées. Elles s'étaient raidies pendant la nuit et semblaient lui rentrer dans la poitrine à chaque mouvement. Il lui fallait éviter les gestes brusques. Un peu d'eau lui ferait sans doute le plus grand bien. Une fois au bord du lac, Brian s'agenouilla avec précaution, prit une gorgée d'eau et se rinça la bouche. A sa droite, il vit que le bassin était toujours là, même si la petite porte de saule avait disparu, libérant les poissons.

« Ils reviendront, se dit Brian. Il me suffit de fabriquer un nouvel harpon ou un arc et d'en attraper un ou deux pour faire office d'appât. »

Il lui fallait maintenant s'occuper de son abri. Certains des pieux qui avaient tenu le mur étaient simplement éparpillés sur la rive. L'arc avait été projeté sur une grosse bûche de bois flotté ; il était cassé, mais la précieuse corde toujours intacte. Pas si mal, au fond. Pas si mal.

Quand Brian tourna à nouveau les yeux vers le lac, pour faire le bilan de ce qui lui restait, ce qu'il vit le laissa bouche bée.

Dans la partie courte du L, quelque chose d'un jaune brillant émergeait de l'eau sur une trentaine de centimètres. Ce jaune n'avait rien de naturel. L'espace d'une seconde, Brian ne put donner un nom à ce qu'il voyait. Enfin, il comprit.

« La queue de l'avion ! »

Il avait parlé à haute voix, s'attendant presque à ce que quelqu'un lui réponde.

Elle était là, dressée hors de l'eau.

Quand elle s'était acharnée sur le lac, la tornade avait dû déplacer l'avion et la queue avait crevé la surface. Parfait. Allons voir ça ! A cet instant, le cœur de Brian se serra. Le pilote... Il devait toujours être coincé dans la carlingue. Cette pensée le frappa comme un coup. Il devait dire ou faire quelque chose pour cet homme. Prononcer quelques mots pour lui. Mais lesquels ?

Une fois au bord de l'eau, Brian regarda l'avion et murmura, en pensant très fort au pilote : « Repose... Repose en paix pour toujours. »

17

BRIAN RETOURNA À L'EMPLACEMENT DE SON ABRI

et évalua l'importance du travail à effectuer. Les tâches ne manquaient pas : reconstruire son logis, allumer un nouveau feu, trouver de la nourriture, fabriquer de quoi chasser et pêcher... Comme ses côtes le faisaient toujours souffrir, il devrait travailler lentement.

D'abord, l'indispensable.

Le garçon ramassa de l'herbe sèche et des brindilles, puis détacha l'écorce d'un bouleau pour la déchiqueter et obtenir ce qu'il appelait un nid à feu. Même sans se presser, grâce à son savoir-faire, il s'acquitta de ce travail très vite. En moins d'une heure, des flammes s'élevèrent dans l'air froid et humide du matin. En regardant pétiller son feu, Brian retrouva courage. De nouveau, la fumée chassa les moustiques qui l'importunaient.

Ensuite, le garçon s'attacha à chercher du bois sec, chose difficile car la pluie avait détrempé toutes les souches. Il finit par repérer un conifère dont les branches les plus hautes avaient protégé les branches basses.

Elles étaient bien sèches, mais Brian eut du mal à les casser car il ne pouvait pas tirer très fort, à cause des séquelles des incidents de la veille. Finalement, il en récupéra assez pour nourrir son feu pendant la journée et la nuit. Après avoir pris un peu de repos, il entreprit de reconstruire son abri.

La plus grande partie du bois qui avait constitué le mur d'origine avait été dispersée dans les parages et était facilement récupérable. Brian s'estima une fois encore chanceux.

Il reconstruisit grossièrement le mur, se réservant de l'améliorer plus tard. Trouver des branches de pin pour se faire une nouvelle couche ne posa pas le moindre problème. La tempête avait déchiré la forêt. Des pins immenses étaient tordus et cassés net, couchés sur le côté. Partout, c'était la désolation : branches éparpillées, têtes d'arbres enfoncées dans le sol, à tel point que Brian avait du mal à se frayer un chemin. Pour son lit, il choisit des branches au feuillage dru, bien vert, d'où montait une odeur de sève un peu piquante, typique du bois qui vient d'être cassé.

Quand arriva le soir, Brian était à bout de forces, mort de faim et toujours souffrant. Mais il possédait quelque chose qui ressemblait à un endroit où il pourrait à nouveau vivre.

« Demain..., pensa-t-il en s'allongeant dans l'obscurité, demain les poissons reviendront peut-être. »

Alors, il fabriquerait un nouvel arc et se procurerait de quoi manger.

Demain, il trouverait de la nourriture et aménagerait son campement. Après ce jour complètement dingue, tout redeviendrait sensé.

Etendu près du feu, Brian posa la tête sur un de ses bras et ferma les yeux. Mais une image se forma dans son esprit. Celle de la queue de l'avion dépassant de l'eau.

A l'intérieur de l'avion, quelque part dans la carlingue, il y avait le nécessaire de survie... Il avait pu résister au choc, puisque le corps de l'avion était intact.

Brian ouvrit brusquement les yeux. S'il pouvait accéder à ce nécessaire... Oui, s'il pouvait y accéder... Il contenait probablement de la nourriture, un couteau et des allumettes. Un sac de couchage, peut-être. Un matériel de pêche. Tant de choses merveilleuses ! S'il pouvait y avoir accès, alors il serait riche. Infiniment riche.

« Demain... » Brian regarda les flammes et sourit. « Demain, j'aviserai. Demain, tout peut arriver. »

Il s'endormit avec à l'esprit l'image de la queue de l'avion dépassant de l'eau. Et il dormit d'un sommeil réparateur.

Il s'éveilla avant que le jour soit complètement levé. Dans l'aube grise, il ranima le feu puis alla chercher du bois pour la journée. Il se sentait presque gai : ses côtes le faisaient beaucoup moins souffrir. Quand il eut fini de préparer son campement pour la journée, il regarda en direction du lac. Une partie de lui-même souhaitait que la queue de l'avion ait disparu, qu'elle se soit enfoncée dans les profondeurs. Mais elle était toujours là.

Baissant les yeux, Brian découvrit dans son

bassin quelques poissons à la recherche des minuscules fragments d'appât. Dominant son impatience, il se força à la raison, se rappelant ce qu'il avait appris. D'abord, la nourriture, parce que la nourriture donne la force. Il avait des poissons à portée de la main, alors que rien ne lui assurait qu'il pourrait récupérer quelque chose dans l'avion.

Brian fabriqua un harpon à deux pointes, tâche qui lui prit une heure environ. Tout en travaillant, il regardait de temps en temps la queue de l'avion qui pointait hors de l'eau.

Lorsque le harpon fut terminé, Brian gagna son bassin à poissons. Il y en avait une bonne dizaine, et le garçon en choisit un parmi les plus gros. Plongeant la pointe du harpon dans l'eau, il la maintint verticale puis poussa en donnant un petit coup de poignet lorsque le poisson se trouva juste au-dessous.

Celui-ci fut frappé net. Brian en prit deux autres avec la même facilité, puis il regagna son feu avec son butin. Pour faire cuire ses proies, il s'était fabriqué une « planche à poisson », un morceau de bois qu'il avait aplati à l'aide de sa hachette et tenait incliné vers le feu. Posant les trois poissons sur la planche, il planta des chevilles de bois pointues à travers leur queue, puis approcha la planche des tisons les plus rouges. Un grésillement se fit bientôt entendre : les poissons étaient cuits ! Ne pouvant résister plus longtemps à l'odeur, Brian prit un morceau de chair fumante et le mangea.

Ce repas fut loin de le rassasier, mais il lui redonna des forces, et le garçon put alors s'attaquer à son projet concernant l'avion.

Pendant qu'il fabriquait le harpon, il en était arrivé à la conclusion qu'il lui faudrait construire un radeau qu'il pousserait en nageant jusqu'à l'appareil. Ensuite, il l'attacherait à l'avion, et le radeau constituerait une plate-forme opérationnelle.

Construire un radeau, c'était plus facile à dire qu'à faire...

Les pieux ne manquaient pas alentour. Les bords du lac était jonchés de morceaux de bois, vert ou sec, disséminés par la tornade. En trouver quatre ayant environ la même longueur ne posait aucun problème.

Les fixer les uns aux autres, voilà la difficulté. Sans ficelle et sans clous, les rondins rouleraient et se sépareraient.

Brian essaya de les caler en les croisant l'un

sur l'autre, mais sans succès. Pourtant, il avait besoin d'une plate-forme stable pour travailler convenablement. C'était trop bête de ne pas trouver le moyen de surmonter cette difficulté ! Brian fut pris d'un bref accès de colère. Comme par le passé, quand il était une autre personne.

Il s'assit sur la rive et étudia à nouveau le problème.

Il fallait faire preuve de bon sens.

La solution lui apparut bientôt. Les rondins qu'il avait choisis étaient lisses, bien ronds et sans la moindre branche. Maintenant, il lui fallait des rondins avec des branches qui dépassaient : ainsi, il pourrait croiser les branches de l'un avec celles de l'autre, les « tisser » ensemble comme il l'avait fait pour son mur, la porte de son garde-manger et celle de son bassin à poissons. Parcourant la plage du regard, il trouva quatre cimes d'arbres, du bois bien sec, qui avaient été cassées par la tempête. Quelques branches les garnissaient encore. Brian les traîna jusqu'à son aire de travail, au bord du lac, puis les entrelaça les unes aux autres.

L'opération lui prit presque toute la journée. Les branches ne concordaient pas toujours, n'étant pas implantées de la même façon. Il dut en couper certaines afin de les faire coïncider.

Enfin, assez tard dans l'après-midi, sa tâche fut menée à bien. Le radeau, qu'il baptisa *Le Broussailleux* à cause de son aspect, ne se disloqua pas lorsqu'il le tira dans l'eau. Il flottait bien. Tout énervé, Brian prit aussitôt la direction de l'avion.

Il avait de l'eau jusqu'à la poitrine lorsqu'il réalisa qu'il n'avait rien prévu pour attacher le radeau à l'appareil. Et il revint sur ses pas.

Comment faire ? Il n'avait pas de corde, seulement la corde de son arc et l'autre lacet cassé de ses tennis — qui d'ailleurs ne tarderaient pas à rendre l'âme. Il pensa à son coupe-vent et retrouva la partie déchirée dont il s'était servi pour faire un petit sac à flèches. Il la divisa en bandes étroites qu'il lia de façon à obtenir une corde d'environ un mètre cinquante de long. Certes, elle n'était pas très solide : pas question de l'utiliser pour se lancer comme Tarzan d'arbre en arbre ! Mais elle maintiendrait le radeau près de l'avion.

Une fois encore, il se mit à l'eau et tira le radeau à sa suite. Il avait laissé ses tennis à terre et, quand il sentit le sable se transformer en vase sous ses orteils, il commença à nager.

Comme c'était lourd ! Pousser ce radeau devait être aussi dur que pousser un avion de transport de troupes ! Toutes les branches qui raclaient le fond ralentissaient l'engin. L'opération se révélait plus difficile que Brian ne le pensait. Amener le radeau jusqu'à l'avion constituait une véritable prouesse. Le garçon progressait à peine et, s'il continuait de cette façon, il n'atteindrait l'appareil qu'à la nuit. Il décida donc de faire demi-tour une fois encore, de passer la nuit, et de recommencer le lendemain matin très tôt. Après avoir à nouveau tiré le radeau sur le sable, il le nettoya.

Sentant l'impatience le gagner, Brian s'assit au bord de son bassin à poissons, son nouveau harpon à la main, et attrapa encore trois poissons qu'il fit cuire et mangea, ce qui l'aida à passer le temps en attendant la nuit. Il rentra aussi du bois, puis se détendit et admira le coucher du soleil au-dessus des arbres.

« C'est l'ouest, se dit-il. Je suis en train de regarder le soleil se coucher à l'ouest. »

Donc, là-bas, c'était le nord, l'endroit où vivait son père. Là, c'était l'est et enfin, le sud. Et quelque part entre le sud et l'est devait se trouver sa mère. En train de suivre le journal télévisé. Brian pouvait visualiser plus facilement sa mère vaquant à ses occupations que son père, parce qu'il n'était encore jamais allé dans sa nouvelle maison. En revanche, il savait tout de la façon de vivre de sa mère. Elle devait avoir mis en marche le petit poste de télévision posé sur le plan de travail de la cuisine et regardait les informations. Il avait l'impression de l'entendre commenter ce qui se passait en Afrique du Sud, ou s'extasier sur le bébé du film publicitaire. Parler... Faire du bruit...

Il ramena brusquement ses pensées vers le lac. Sous ses yeux le paysage était de toute beauté. Une beauté presque inimaginable.

Le soleil faisait exploser le ciel dans un feu d'artifice aux couleurs du couchant. Comme Brian aurait aimé pouvoir partager cette beauté avec quelqu'un !

Mais même seul, c'était splendide.

Le garçon nourrit le feu pour réchauffer l'air glacé de la nuit.

L'été touchait à sa fin. Il flottait comme une odeur d'automne.

Brian se coucha enfin. Il ignorait s'il se sortirait un jour de là. Mais, s'il revenait chez lui d'une façon ou d'une autre et reprenait la vie qu'il avait menée jusqu'ici, comment penserait-il ? De la même façon qu'avant, ou exactement à l'opposé ? Resterait-il assis devant le poste de télévision et penserait-il subitement au coucher du soleil sur la forêt ? Se demanderait-il alors à quoi ressemblait la couleur du lac ?

Le lendemain matin, le froid était plus vif, et Brian dégageait de minuscules traînées de vapeur quand il respirait. Il ranima le feu et descendit vers le lac. Comparée à l'air très sec, l'eau lui parut tiède lorsqu'il y entra. Il s'assura que sa hachette était toujours à sa ceinture et le radeau en bon état, puis commença à le pousser en nageant vers la queue de l'avion.

Comme la première fois, avancer se révéla difficile. A un moment, le vent souffla de face et Brian eut l'impression de ne plus progresser. Enfin, il se trouva assez près de la queue de l'avion pour voir les rivets fichés dans l'aluminium. Il avait nagé pendant plus de deux heures ! Il était presque à bout de forces et regretta de ne pas avoir pris le temps d'avaler un petit déjeuner.

Lorsqu'il parvint à la hauteur de l'appareil, il constata que la partie émergée était plus importante qu'il ne l'avait cru. D'abord, Brian chercha où attacher le radeau. Il se propulsa vers l'arrière et découvrit dans la tôle un trou dans lequel il passa la corde.

Son radeau en sécurité, il grimpa dessus et s'étendit sur le dos pendant un quart d'heure pour se reposer, laissant le soleil le réchauffer.

Le travail qui l'attendait ne serait pas facile : pour avoir quelque chance de réussite, il devait rassembler ses forces.

Il lui fallait commencer par entrer dans l'appareil. Toutes les issues se trouvaient vers l'avant. L'unique moyen de pénétrer dans l'avion était donc de plonger.

Mais, une fois dedans, il serait pris au piège...

A cette idée, Brian frémit. Il pensa alors à ce qu'il y avait, au fond du lac, à l'avant de l'appareil. Toujours attaché à son siège.

Le corps du pilote. Là tout près, dans l'eau.

« Arrête ! se dit-il. Arrête de penser à ça ! »

Il était sur le point de rebrousser chemin quand l'image du nécessaire de survie s'imposa à nouveau à lui. S'il réussissait à le sortir de l'avion, ou s'il arrivait seulement à fouiller dedans et à récupérer quelque chose... Une barre de chocolat, par exemple...

Mais comment accéder à l'intérieur de l'appareil ?

Quittant le radeau, Brian nagea autour de l'avion. A trois reprises, il plongea son visage dans l'eau, à la recherche d'une ouverture qui lui permettrait de pénétrer dans l'appareil.

18

BRIAN ESSAYA À DEUX REPRISES ENCORE de voir s'il n'y avait pas moyen d'accéder à l'avion par la queue, mais sans succès. Il regagna alors le radeau.

« Crétin ! se dit-il. Je suis un vrai crétin d'avoir cru qu'il me suffisait d'arriver et d'entrer dans l'appareil ! Rien n'est jamais aussi facile ! »

Il donna un coup de poing sur le fuselage et, à sa grande surprise, le métal céda facilement, formant un creux. Il renouvela l'opération et obtint le même résultat. Il s'aperçut bientôt qu'il n'avait même pas besoin de cogner : il lui suffisait d'exercer une pression sur le métal. Sans doute s'agissait-il d'une mince couche d'aluminium recouvrant un squelette plus solide. Puisque le revêtement cédait aussi facilement, Brian pourrait peut-être se frayer un passage jusqu'à l'intérieur de l'avion.

La hachette... Avec elle, il pourrait découper le métal. Il la tira aussitôt de sa ceinture, donna un coup à l'endroit où la tôle avait cédé. La hachette y entra comme dans du beurre ! Incroyable ! Trois coups supplémentaires, et Brian obtint un trou de forme triangulaire, de la taille de sa main.

Le garçon aperçut quatre câbles ; les câbles de commandes du gouvernail, sans doute. Il frappa avec frénésie le revêtement de l'avion pour pratiquer une ouverture plus importante.

Il était en train de retirer un morceau de métal retenu par deux entretoises, quand il lâcha sa hachette.

Elle fila droit entre ses jambes, percuta un de ses orteils puis continua sa course. Brian l'entendit tomber dans l'eau...

L'espace d'un instant, il crut que cela n'était pas vrai. Depuis qu'il était perdu dans cette nature inhospitalière, la hachette avait été tout pour lui. Sans elle, il était complètement démuni. Impossible de faire du feu, de fabriquer des outils, des armes. Cette hachette, c'était comme une partie de lui-même.

Et il l'avait laissée tomber dans le lac !

« Zuuuuuut. »

Brian pesta, maudissant sa propre négligence. Le trou qu'il avait ménagé dans la carlingue était trop petit et ne servait à rien tant qu'il n'avait plus de quoi l'agrandir.

Il s'en voulait de sa propre stupidité. Mais à quoi cela servait de s'apitoyer sur son sort ? A rien. Il fallait agir. Récupérer la hachette. Plonger et la remonter.

Le lac était-il très profond à cet endroit ? A la piscine de l'école, Brian n'avait aucun mal à atteindre les trois mètres.

Ici, impossible d'évaluer la profondeur. L'avant de l'avion, alourdi par le poids du moteur, devait certainement reposer au fond du lac. Or, la partie émergée de l'appareil était relativement importante, ce qui signifiait que l'endroit n'était peut-être pas aussi profond qu'on aurait pu le penser.

Brian prit alors une profonde inspiration et plongea, repoussant le radeau du pied.

Il atteignit environ un mètre cinquante de profondeur, mais la visibilité était très réduite et il ne put distinguer le fond. Il renouvela l'opération, essayant de gagner du terrain. Au moment où, le souffle coupé, il s'apprêtait à remonter, il aperçut le fond.

Il creva la surface de l'eau et reprit bruyamment son souffle. Il lui fallait donc plonger plus profond et assez longtemps pour récupérer sa hachette.

Gonflant sa poitrine à bloc, il plongea à nouveau.

Cette fois, il mit les mains en avant, utilisant toute la force de ses jambes pour se propulser dans l'eau. Dès qu'il s'aperçut qu'il perdait un peu de vitesse, il se mit à chasser l'eau avec les mains, comme avec des pagaies, et à pousser sur ses jambes à la façon des grenouilles. Le procédé fut si concluant qu'il se retrouva bientôt la tête dans la vase.

Après s'être nettoyé les yeux, Brian regarda autour de lui et distingua la silhouette de l'avion. Il lui sembla voir la verrière du cockpit, ce qui le fit à nouveau penser au pilote. S'efforçant de l'oublier, il chercha la hachette, mais en vain. L'air commençait à lui manquer, il ne pourrait rester que quelques secondes de plus sous l'eau. Cependant, au prix d'un gros effort, il s'obstina et, comme il allait remonter pour respirer, il aperçut le manche de sa hachette, planté dans la boue. Il lança le bras en avant et s'en empara à la volée.

Brian avait l'impression que ses poumons allaient exploser, des traits de couleur envahissaient son cerveau. Il ouvrit la bouche, comme pour avaler toute l'eau du lac, quand sa tête creva enfin la surface.

Il chassa l'air vicié de son nez et de sa bouche, et respira à grandes goulées. Puis il se dirigea vers le radeau et s'y accrocha en haletant, sans pouvoir réfléchir pour le moment. Dans sa main droite, la hachette brillait sous le soleil.

Le garçon regagna le trou dans le fuselage et se remit à découper le métal. Lentement, avec précaution, afin de ne pas renouveler son expérience malheureuse. Enfin, il obtint un orifice assez grand pour y passer la tête et les épaules. Il regarda à l'intérieur. C'était noir. Impossible de distinguer quelque chose. Le nécessaire de survie restait invisible. Des morceaux de métal et du papier flottaient à la surface de l'eau, rien d'intéressant.

Il fallait élargir le trou afin de pouvoir s'y glisser et fouiller la carcasse de l'avion. Brian se

TRUONG

souvenait que le nécessaire de survie était enfermé dans un sac de nylon à fermeture Eclair. Rouge, lui semblait-il. Non, gris. Peu importe. Quand l'avion s'était écrasé, le sac avait dû être projeté ailleurs ou s'était coincé quelque part.

Brian se remit au travail, arrachant de petits triangles de métal qu'il posait sur son radeau dans l'espoir de les utiliser plus tard. Ils pourraient faire d'excellentes têtes de flèches pour attraper les poissons, ou des leurres, pourquoi pas ? Enfin, ayant dégagé une bonne partie du fuselage qui dépassait de l'eau, il obtint un trou presque aussi gros que lui. L'inconvénient, c'était que des entretoises et de longs câbles l'obstruaient. Quand Brian eut écarté quelques tiges de métal, il eut assez de place pour se glisser dans l'avion.

Un sentiment d'angoisse l'envahit. Que se passerait-il si la queue de l'appareil basculait soudain et tombait au fond du lac ? Pourrait-il en échapper ? Mais il se ressaisit. La carcasse de l'avion n'avait pas bougé d'un pouce pendant qu'il tapait dessus, ou y grimpait. Il n'y avait donc aucun souci à se faire de ce côté-là.

Evitant les nombreux obstacles, Brian progressa jusqu'au milieu de l'appareil, la tête hors de l'eau, les pieds sur le plancher en pente. Puis, prenant son courage à deux mains, il chercha de ses pieds nus, espérant trouver quelque chose. Rien.

Brian prit sa respiration puis s'immergea complètement, tâtant le sol de la plante du pied. Finalement, presque au niveau du dossier des sièges, il toucha un objet en tissu, sur la gauche de l'appareil.

Nouvelle inspiration, nouvelle immersion. C'était bien du tissu que son pied venait de toucher. Du nylon très épais. Et Brian sentit même des objets sous l'étoffe.

Il s'agissait certainement du sac qu'il cherchait. Projeté vers l'avant au moment de l'accident, il s'était coincé entre les deux sièges. Brian tenta de l'atteindre mais il suffoquait et dut faire surface pour respirer.

Le garçon se remit à la tâche et, au prix de gros efforts, parvint à atteindre le sac. Il s'en saisit et tira pour le dégager. L'objet céda enfin.

C'est alors qu'il le vit. Dans la faible lumière verte, le garçon découvrit le corps du pilote. Enfin, ce qu'il en restait.

Les poissons.

Ils avaient mangé, eux aussi, durant les deux mois écoulés.

Horrifié, Brian détourna les yeux et battit en retraite avec des mouvements désordonnés. Affolé, il s'étouffa, but la tasse, incapable de se contrôler. Il aurait pu finir là, près du pilote. A l'endroit même où il avait failli mourir au moment de l'accident. Mais ses jambes bougèrent instinctivement et le poussèrent vers la surface de l'eau. Mais il était toujours prisonnier de cet enchevêtrement de cables et de tiges de métal qui protégeait l'habitacle.

Sa tête heurta violemment un tasseau au moment où il se dégageait. Il parvint à s'y agripper. Il était libre !

Quel plaisir de respirer ! Brian resta quelques minutes accroché à la carcasse de l'avion, reprenant son souffle, toussant, et essayant de chasser l'image du pilote de son esprit. Elle s'estompa lentement — disparaîtrait-elle jamais ? Puis il regarda la rive, les arbres, les oiseaux en vol, le soleil qui descendait, enveloppant son abri d'une lumière dorée. le calme du soir venait, apportant la paix sur la forêt.

Le garçon finit par se tranquilliser.

Il avait encore beaucoup à faire. Le sac flottait là, tout près, mais Brian devait le sortir de l'avion et le hisser sur le radeau, puis regagner le rivage.

Repassant à travers les tiges de métal — ce qui lui sembla plus difficile qu'à l'aller — , il tira le sac vers lui. L'objet résista comme si, en quelque sorte, il refusait de quitter l'avion. Quand il parvint enfin à le mettre sur son radeau, Brian se sentit mort de fatigue. Travailler dans l'eau toute la journée l'avait épuisé. Et il devait encore retourner jusqu'à la rive.

Il lui sembla qu'il n'y parviendrait jamais. Avec le poids du sac en plus, la fatigue, Brian avait l'impression d'avancer au ralenti. Il tirait, poussait...

Lorsque ses pieds touchèrent enfin le fond couvert de vase et que le radeau s'échoua sur la plage, Brian se sentit si faible qu'il ne put tenir debout. Il dut avancer à quatre pattes. Et il ne s'aperçut même pas qu'un nuage de moustiques l'assaillait.

Il avait réussi !

C'était tout ce à quoi il était capable de penser pour le moment.

Il s'assit sur le bord, les jambes dans l'eau, et tira le sac à terre. Alors commença pour Brian le long retour vers son abri, traînant sur le sol le précieux nécessaire de survie qu'il n'avait pas la force de soulever. Deux heures d'effort, presque trois. A tirer, à chasser les moustiques, à faire quelques pas debout, puis à avancer à genoux, le plus souvent...

Arrivé enfin devant la porte de son abri, Brian s'écroula sur le sac et s'endormit.

Il avait réussi !

19

UN VRAI TRÉSOR !

Brian n'en croyait pas ses yeux !

Au retour de son expédition, il était si épuisé qu'il n'avait pu rien faire, sinon dormir. L'aube l'avait réveillé, et il s'était mis à fouiller dans le sac. Et il était allé d'étonnement en étonnement.

D'abord, il en tira un sac de couchage qu'il étala sur le toit de son abri pour le faire sécher, puis un oreiller en mousse. Une batterie de cuisine en aluminium, avec quatre petites marmites et deux poêles à frire. Il y avait même une cuillère, une fourchette et un couteau. Un récipient étanche renfermant deux petits allume-gaz et des allumettes. Un couteau à gaine dont le manche était muni d'un compas.

Comme si, en pareilles circonstances, un compas pouvait être de quelque utilité ! pensa Brian en souriant avant de poursuivre son inventaire.

Une trousse de premier secours, avec des pansements, des antiseptiques en tube, et une paire de petits ciseaux. Une casquette portant le mot CESSNA, en grosses lettres. Pourquoi une casquette ? se demanda Brian en la mettant aussitôt. Enfin, un nécessaire de pêche constitué de quatre bobines de fil de nylon, d'une douzaine d'appâts, d'hameçons et de plombs.

Un vrai trésor !

Cela valait tous les cadeaux d'anniversaire !

Brian s'assit au soleil, devant l'entrée de son abri, à l'endroit même où il avait passé la nuit, et prit le temps d'examiner soigneusement chacun de ces merveilleux cadeaux.

L'un d'eux le troubla. En effet, il tira du sac quelque chose qui ressemblait à une crosse de carabine et s'apprêtait à la mettre de côté. Sans doute découvrirait-il d'autres éléments auxquels elle s'adapterait. Mais il entendit un cliquetis, à l'intérieur. Au bout de quelques minutes d'effort, la crosse s'ouvrit sur un canon, un chargeur, une boîte de balles et une notice de montage. C'était une carabine 22 long rifle démontable, un modèle de survie. Brian en avait déjà vu une chez le marchand d'articles de sport où il se procurait du matériel pour sa bicyclette. Bien entendu, il n'avait jamais possédé d'arme à feu et n'en avait jamais utilisé. Mais il eut vite compris comment assembler les différents éléments. Et, à la télévision, il avait souvent vu les personnages de film s'en servir.

Quelle sensation étrange, que d'avoir une carabine dans les mains ! Cela lui donnait une certaine distance par rapport à ce qui l'entourait. Avec une carabine, rien ne l'effrayait plus. Tuer un oiseau ne représentait plus l'exploit que cela avait été jusque-là.

Dès l'instant où il l'avait eue entre les mains, la carabine avait transformé Brian. Et il n'était pas certain de vraiment aimer ce changement.

Se proposant de se pencher sur la question plus tard, il posa soigneusement l'arme à côté de lui, contre le mur. Le feu était mort, aussi Brian utilisa-t-il l'un des allume-gaz et un morceau d'écorce de bouleau ainsi que du petit bois pour le rallumer. Quelle merveille, cette facilité ! Avec la possibilité d'allumer un feu quand il le voulait, il n'avait plus besoin de savoir faire un « nid à feu », comme auparavant, ni de trouver le moyen de nourrir les flammes naissantes pour qu'elles grandissent. C'était comme pour la carabine : Brian n'était pas vraiment sûr d'aimer le changement que cela apportait.

Lorsque le feu eut bien pris, le garçon retourna examiner le contenu de ce fameux sac. Fouillant parmi des barquettes contenant de la nourriture — il ne les avait pas encore sorties, réservant le meilleur pour la fin — il tomba sur un petit appareil électronique enfermé dans un étui en plastique. Brian pensa tout d'abord qu'il s'agissait d'un poste de radio ou d'un lecteur de cassettes. Génial ! La musique lui manquait. La voix humaine lui manquait. Mais lorsqu'il eut ouvert l'étui, ses espoirs furent déçus. Il découvrit, fixé sur l'appareil, un fil d'antenne enroulé sur lui-même. En haut, un petit bouton. Tournant et retournant l'instrument, Brian découvrit enfin ces mots imprimés dessus :

Emetteur d'urgence.

Le garçon actionna le bouton à plusieurs reprises, mais il ne se passa rien. Il posa alors sa trouvaille à côté de lui et poursuivit son exploration du sac. Sans doute l'appareil avait-il été endommagé au moment de l'accident.

Deux morceaux de savon.

Brian s'était souvent lavé dans le lac, mais sans savon, bien entendu. Pouvoir se laver les cheveux lui parut merveilleux ! Ils étaient très sales avec la poussière et la fumée, souillés de graisse de poisson et d'oiseau et, de plus, ils avaient poussé dans tous les sens. Maintenant, il avait à sa disposition les ciseaux de la trousse de premier secours : il pourrait donc les couper, puis les laver avec le savon.

Et, surtout, il y avait de la nourriture.

Des aliments déshydratés, et en quantité telle que Brian pensa qu'il pourrait se nourrir jusqu'à la fin de ses jours. Barquette après barquette, il découvrit ainsi du bœuf aux pommes de terre, des nouilles au fromage, du poulet, des repas à base d'œuf, des fruits en compote, des boissons, des desserts.

Il fallait quand même être prévoyant, se dit Brian. Faire attention. Oui, d'accord ! Mais pas tout de suite ! D'abord, il ferait un vrai festin. Ensuite, il serait prudent.

Penser au menu, d'abord. Un morceau de bœuf prévu pour quatre personnes, agrémenté de pommes de terre et arrosé de jus d'orange. Au dessert, compote de pêche, comme l'indiquait l'étiquette sur la barquette. Il suffisait d'ajouter de l'eau, précisait le mode d'emploi, et de faire cuire une demi-heure.

Brian descendit vers le lac pour y puiser de l'eau dans l'un des ustensiles en aluminium, et revint vers son abri. C'était merveilleux de pouvoir transporter de l'eau dans un récipient et de mettre le tout sur le feu. Quelque chose d'on ne peut plus simple, mais qu'il n'avait pu faire pendant presque deux mois. Il versa de l'eau sur le bœuf déshydraté et le dessert, les posa sur le feu et retourna chercher de l'eau pour préparer le jus d'orange.

Même s'il était sucré, presque trop, il avait un petit goût acide. Mais Brian le trouva si délicieux qu'il le but lentement, à petites gorgées, le gardant le plus possible en bouche afin de s'en délecter.

Un délice !

Le garçon retourna chercher de l'eau et se prépara un autre jus d'orange qu'il but rapidement, puis un troisième. Assis près du feu, il laissait son regard errer au-delà du lac, humant avec délices l'odeur de la viande qui cuisait. Elle sentait l'ail et d'autres épices. Des odeurs qui ramenaient Brian à la maison, lui rappelaient sa mère en train de cuisiner.

C'est à cet instant précis, alors qu'il était chez lui par la pensée, que l'avion apparut dans le ciel.

Brian entendit d'abord un léger bourdonnement mais, comme la première fois, il n'y prêta pas attention. Soudain, un petit hydravion surgit de derrière le toit de son abri.

L'appareil passa à basse altitude au-dessus de Brian, inclina une aile lorsqu'il survola la carcasse de l'avion accidenté, coupa les gaz et descendit en vol plané vers le lac, toucha l'eau en douceur, une fois, deux fois, soulevant de grandes gerbes. Il continua sa course à petite vitesse et s'arrêta enfin sur la plage, face à l'abri de Brian.

Ce dernier n'avait pas bougé. Tout était arrivé si vite qu'il n'avait pas esquissé le moindre geste. Il était là, assis, son jus d'orange à la main, les yeux fixés sur l'avion. Ne comprenant pas ce qui se passait. Ne comprenant pas que tout était fini.

Le pilote coupa le moteur, ouvrit la portière et sauta au bas de l'avion. Sur les flotteurs, d'abord, puis sur le sol. Avant de s'adresser à Brian, il enleva ses lunettes de soleil.

« J'ai entendu ton émetteur d'urgence... Ensuite j'ai aperçu l'avion, en survolant les parages. »

Puis il redressa la tête pour mieux examiner Brian.

« Ma parole ! Mais c'est toi ! Le garçon qui... Ils t'ont cherché pendant un mois, presque deux. C'est bien toi, n'est-ce pas ? »

Brian s'était levé, mais il resta silencieux, sa boisson toujours à la main. C'était comme si sa langue était collée à son palais, refusant de fonctionner. Il regarda le pilote, l'avion, puis baissa les yeux vers son propre corps, sale, couvert de haillons, brûlé par le soleil. Amaigri. Et il toussa pour s'éclaircir la voix.

« Je m'appelle Brian Robeson... »

Puis, constatant que son ragoût était prêt et la compote de pêche aussi, il lui demanda :

« Vous voulez manger quelque chose ? »

ÉPILOGUE

Le pilote qui venait de se poser sur le lac était un marchand de fourrure prospectant dans les camps de trappeurs. L'automne et l'hiver, ces chasseurs vivaient dans des camps itinérants pour poser leurs pièges, et les marchands allaient d'un campement à un autre, en avion, selon un parcours prévu d'avance.

En manipulant le bouton de l'émetteur d'urgence, Brian l'avait mis en marche, et alerté son sauveur.

Ainsi, il avait passé cinquante-quatre jours seul, au bord du lac. Durant cette période, il avait perdu soixante-dix pour cent de son poids habituel.

Par la suite il regrossit mais resta maigre et nerveux pendant de longues années.

Beaucoup d'autres changements qui s'étaient opérés en lui durant cette épreuve se révélèrent définitifs. Sa capacité à observer ce qui arrivait et à réagir en fonction, par exemple. Il était également plus pondéré et prenait le temps de réfléchir avant de parler.

La nourriture constitua longtemps encore un problème pour lui. Des années après son sauvetage, il entrait dans les magasins d'alimentation et contemplait les étalages, s'extasiant devant la quantité et la variété des produits offerts.

Il se posait beaucoup de questions sur ce qu'il avait vu là-bas, et essayait d'y répondre. Il découvrit ainsi que les « tord-boyaux » étaient en réalité des aronia qui donnaient une excellente gelée. Les arbustes dans lesquels se cachaient les oiseaux étaient bien des noisetiers. Quant aux lapins, il s'agissait de lapins de garenne et de lièvres. Les oiseaux étaient des grouses, appelées aussi poules folles par les trappeurs, à cause de leur stupidité — Brian pensait qu'elles portaient bien leur nom. Quant aux petits poissons, il s'agissait de poissons-lune et de perches.

Il y eut aussi le problème des rêves. Brian rêva pendant longtemps qu'il se trouvait encore au bord du lac. Il ne s'agissait pas de cauchemars, mais il se réveillait toujours à la suite de ces rêves. Alors, il s'asseyait sur son lit et songeait au lac, à la forêt, à son feu, la nuit... Tout cela n'était pas triste. Ne serait jamais triste.

Le gouvernement canadien envoya une équipe pour ramener le corps du pilote. Des journalistes prirent des photographies du camp de Brian, d'autres vinrent filmer le jeune garçon. Pendant un court laps de temps, la presse parla beaucoup de lui, il fut interviewé sur toutes les chaînes, mais l'intérêt ne dépassa pas quelques mois. Quelqu'un se proposa d'écrire un livre sur l'aventure de Brian, mais l'affaire n'aboutit pas.

Certes, il est bien difficile de faire des suppositions, mais il y a fort à parier que si Brian n'avait pas été secouru à ce moment-là, s'il avait été contraint de passer l'hiver là-bas, cela aurait été très dur pour lui. Avec le lac gelé, plus de poissons. Et la neige l'aurait empêché de se déplacer facilement. Sans parler des prédateurs, les renards, les lynx et autres animaux qui rôdent alors, à la recherche de nourriture.

Après l'euphorie des retrouvailles, tout rentra

peu à peu dans l'ordre. Le père de Brian regagna ses champs de pétrole, et sa mère continua à voir son ami.

A plusieurs reprises, Brian essaya d'en parler à son père, fut très près de le faire, mais se reprit au dernier moment.

Il avait renoncé à trahir le secret.

TABLE

IMPRIMÉ EN FRANCE PAR BRODARD ET TAUPIN
Usine de La Flèche, 72200.
Dépôt légal Imp : 1136 J-5 – Edit : 464.
20-06-8491-02-1 – ISBN : 2-01-018323-1.
Loi n° 49-956 du 16 juillet 1949 sur les publications destinées à la jeunesse.
Dépôt : avril 1994.

AVENTURE VERTE

LA VERTE

La lecture s

AVENTURE

ait aventure

A
HE
921